戰鬥員派遣中！
U0025980
「我現在是把截止日尚早的工作提前做，隨時都可以休息……」
6
COMBATANTS WILL BE DISPATCHED!
杜瑟
VIPER
轉職成祕密結社如月幹部的前任魔王。上至戰鬥下至行政，各方面都非常優秀。但純真又溫柔的個性簡直是一場災難，讓她沒辦法狠下心做最重要的壞事。
ROKUGOU'S VIEW
「小瑟，妳手邊的工作什麼時候結束啊？」
本集的女主角

CONTENTS

COMBATANTS WILL BE DISPATCHED!

如月愛麗絲
KISARAGI ALICE
蘿絲
ROSE
如月
SUMMER VACATION (※與劇情無關)

彼列
BELIAL
阿斯塔蒂
ASTAROTH
莉莉絲
LILITH

戰鬥員派遣中！

暁なつめ
NATSUME AKATSUKI

ILLUSTRATION
カカオ・ランタン
KAKAO LANTHANUM

6

Kadokawa Fantastic Novels

序章

最高幹部之一的阿斯塔蒂在我眼前的螢幕裡露出燦爛微笑。

『幹得好，戰鬥員六號。恭喜你成功鎮壓魔王軍這個同業競爭者，辛苦了。』

也難怪阿斯塔蒂會這麼開心。

在我這個菁英戰鬥員的活躍之下，魔王軍加入祕密結社如月麾下。

最大的同業競爭者消失後，往後的行星侵略計畫應該會輕鬆許多。

「既然妳都這麼說了，差不多也該把我升為幹部了吧。我的年資最長，對如月忠心耿耿又有做出成績。新來的杜瑟都變成幹部了，為什麼我不行啊？」

『因為你很弱啊。』

……………

「喂。」

『因為你很弱啊。只是生命力很強，在任何戰場都能生還而已……』

這個女人說了很過分的話吧，而且為什麼要說兩次？

「把我變成改造人又說我很弱，未免也太狠了吧？而且我的腦袋之所以不靈光，是因為接受了最初期的改造手術吧！後輩都是做最新型的，變得越來越強，難道我不能升級嗎！」

『升級……我猜應該可以，但若是原本的資質太差，成功率大概……』

阿斯塔蒂欲言又止，露出憂心的神情。

她想說我的身體是劣質品吧。

「……也罷。再讓莉莉絲大人動一次手術實在太恐怖了，我就維持原樣吧……對了，我可以申請遣返地球了嗎？這邊大致安定下來了，我想暫時回日本休息一下。」

若把在這顆星球賺到的金幣帶回地球，感覺能換到一筆零用錢。

而且日幣在這顆星球不管用，薪資都有陸續匯進我的帳戶，應該存了不少積蓄。

『前陣子還一副不想回來的樣子呢，這吹的是什麼風啊？』

「那還用說，當然是想直接見阿斯塔蒂大人一面啊。」

那還用說，當然是因為我的惡行點數已經由負轉正了啊。

『是是、是嗎！……也對，你進來如月後，從來沒有隔這麼長時間沒見面……但現在還不能同意你回來。』

…………？

「態度怎麼變這麼快？阿斯塔蒂大人才是呢，前陣子不是對我頻送秋波，希望我早點回去嗎？」

『我哪有頻送秋波啊！雖然把魔王軍拉入我方陣營確實值得稱讚，但你們跟托利斯這個國家還處於交戰狀態吧？請奮鬥到最後一刻，讓我看看你帥氣的一面吧。』

阿斯塔蒂語帶調侃地如此說道，輕聲笑了起來。

我這麼好騙，平常聽到這種話一定會馬上上鉤，不過……

「之前忽然就被送到這裡，我好想回公寓一趟。我很擔心家裡種的仙人掌，感覺冰箱裡面也不太妙。」

……這時，螢幕另一頭的阿斯塔蒂尷尬地別開目光。

『……你的公寓已經沒了。』

還低聲說了這種莫名其妙的話。

「…………？『沒了』是什麼意思？難道是我太久沒回家被退租了嗎？但房租應該都有自動扣款過去啊。」

『…………你的住址似乎外洩到英雄陣營，所以前幾天被炸掉了。』

等等……！

「怎麼回事啊！為什麼我這種小咖的家會被襲擊！對了，這算職災吧？家具跟衣服這些必需品，如月應該會幫我準備吧！」

阿斯塔蒂把我的話當作耳邊風。

『好了，你想回來還早得很呢！如今地球的溫室效應和糧荒日益嚴重，已經刻不容緩了！六號，期待你的表現！人類的未來就要靠你大顯身手了！』

「喂，留個地方讓我住啊！任務結束後居然變得一無所有，未免也太詭異了！……別想用訊號不良的表情敷衍我，妳那邊聽得一清二楚吧！……啊，居然掛了……等我回到地球就走著瞧，我一定會讓妳痛哭流涕啊啊啊啊啊啊啊啊啊！」

第一章

異星探索紀行

1

在這一帶大肆破壞的巨大魔獸「砂之王」被討伐後，全國舉辦了盛大的慶功祭典。在那之後又過了一個月。

魔王在祭典中轟轟烈烈地自爆後，魔王軍與人類的戰役就此落幕。

葛瑞斯王國宣布戰爭結束，被我們基地小鎮收容的魔族們都勤奮地完成分配到的工作，整座城鎮欣欣向榮。

雖然基地小鎮附近的大森林偶爾會有蠻族和魔獸前來偷襲，如月戰鬥員也會確實將其擊退——

「小瑟，妳手邊的工作什麼時候結束啊？電動也打得有點膩了，我們去干擾海涅工作好不好，順便休息一下。」

如今我們正在享受安逸的日子。

「我現在是把截止日尚早的工作提前做，隨時都可以休息……但不能干擾別人工作喔，六號先生。不要欺負海涅啦。」

躺在沙發上的我把遊戲機扔到桌上，正在批寫文件的杜瑟一臉為難地對我說。

「這不是欺負啦。惹女孩子生氣是男孩子的愛情表現嘛。我對喜歡的女生就忍不住想使壞。」

「原來如此……也就是說，六號先生對海涅……？」

杜瑟似乎是第一次聊這種戀愛話題，詢問時表情還帶有一絲期待。

「她的臉跟肉體是我的菜。」

「六號先生，我其實不討厭你有話直說的個性，但這種話不能當著本人的面說喔。」

這裡是杜瑟的辦公室。

杜瑟從魔王轉職成如月女怪人後，愛麗絲正式給了她一間幹部辦公室。

我現在一天到晚跑來這個有點小奢華的房間鬼混。

這麼說來……

「小瑟，除了回復魔法之外，妳還有什麼其他特殊能力嗎？像海涅或羅素那樣噴火或噴水那種。」

「特殊能力嗎？我擅長的是時間魔法，比如倒轉時間修復人的傷口或損壞的物品，還能加速作物的時間促進生長。」

原來如此，是時間操作系啊。

這在動畫或遊戲裡就是超強角色必備的能力嘛。

「……難不成妳也能暫停時間？小瑟，妳太強了吧，這樣就能盡情偷窺別人洗澡跟換衣服了耶！」

「沒辦法，因為暫停時間需要耗費大量魔力。不過就算我有能力也不會拿來做這種事！……真是的，為什麼六號先生滿腦子都是邪念呢？」

杜瑟一臉為難地說，彷彿在教訓小孩似的。

「說什麼傻話，妳是邪惡組織的女幹部耶。小瑟，唆使天真無邪的我入邪惡歧途才是妳該做的事喔。」

沒錯，杜瑟已經是邪惡組織祕密結社如月的幹部了。

在不遠的將來，一定能看見杜瑟墮落沉淪的模樣。

「我、我嗎？……是啊，承蒙貴社讓我就任幹部一職，我也該全心全意將六號先生導入歧途……請問具體來說該怎麼做呢？」

「既然是邪惡女幹部，基本還是得用性感的肉體色誘我吧。小瑟的緊身衣雖然也頗為性感，但還是要再露一點……小瑟，妳那是什麼眼神？難不成是在懷疑我嗎？」

不知為何，杜瑟揚起視線瞪著我，緊抿的嘴角動來動去，好像想說些什麼。

「那個……我覺得六號先生只是想讓我穿上色色的衣服……」

這個玩笑好像開得有點過火，杜瑟對我提高了戒心。

杜瑟就任之初，我對她說「慰勞戰鬥員也是女幹部的工作之一」，所以她會讓我躺在腿上幫我挖耳朵，還會幫我按摩。但日子一天天過去，杜瑟也變得越來越難騙了。

她現在穿的也不是怪人毒蛇女的微性感緊身衣，而是魔王時期的私服。

但邪惡組織女幹部的確都風情萬種。

「除了負責動腦的莉莉絲之外，其他如月幹部各個都是尤物啊。前魔王軍幹部海涅不也跟全裸沒兩樣嗎？」

「經、經你這麼一說，確實如此！」

就在此時。

辦公室大門緩緩敞開——

「對不起，我居然對六號先生起了疑心……我會努力成為海涅那種性感的幹部！」

「杜……！杜瑟大人，您在大聲嚷嚷什麼呢！請不要沒頭沒尾地說這種蠢話！」

正好在這個時間點走進辦公室的海涅對杜瑟的宣言開口吐嘈。

「喂，別來搗亂，我正要迎接小瑟覺醒的神聖時刻呢。妳快滾回去工作。」

「覺醒什麼啊，別傻了！別對杜瑟大人灌輸奇怪的知識！……不，不對！我不是為了吐嘈才來的！」

說完，海涅用力拍了幾下牆壁。

「去托利斯勘查的人好像回來了。愛麗絲要你們去會議室一趟！」

——鄰國托利斯滅亡了。

起初聽到這個報告時我還沒聽懂，聽說托利斯轉眼間就被忽然出現的神祕勢力侵略並殖民了。

正確來說，應該是托利斯王室消失了。現在不知道神祕勢力到底是什麼，雪諾倒追的那個王族大叔也音訊全無。

「根據偵察部隊的報告，托利斯首都開始實施出入境管制，無從得知內部狀況。目前對方沒有攻打我方的意思，也不清楚他們是敵是友。降伏魔王軍後再拿下孤立無援的托利斯原本只是時間早晚問題……雖然有點像被坐收漁翁之利，但還是先觀察一陣子吧。」

愛麗絲坐在會議室的桌子中央，像司令官一樣傲慢地說。

我在囂張的愛麗絲身邊猛按她的頭。

「先觀察一陣子？妳平常這麼強勢，這次卻安分到不行耶。獵物被別人搶走了啊，怎麼能默不吭聲呢！」

我一開口，在場的戰鬥員也躁動起來。

「難得六號會說人話！沒錯，怎麼能被他們看扁！」

「侵略吧！侵略前托利斯王國！」

「雖然不知道是哪裡冒出來的傢伙，但搶奪之罪不可赦！殺過去吧！雖然不知道是誰，總之殺過去吧！」

血氣方剛的路人們掄拳高舉，氣勢高漲。

「而且偵察部隊在搞什麼啊！沒釐清敵人的真面目，也不知道內部狀況如何？哈～簡直太沒用了！喂，你們這群白領薪水的廢物！要是有點愧疚之心，就用偷來的薪水買酒請這裡的所有人喝！」

「噢，六號說的沒錯！不想請客的話，就再去偵查一次啊！」

「制裁吧！對沒用的廢物降下制裁吧！」

「連未開發星球的蕞爾小國都沒辦法偵查，算什麼東西啊？明明配備了高級裝備，結果只會白白荒廢如月的技術嘛！」

偵察部隊的表情有些尷尬，我們便抓住這個大好機會瘋狂開砲。

自己犯錯要極力掩飾，別人犯錯則是追究到底，這就是如月的風格。

「一、一群混帳……！我們才沒偷懶呢！有個體型超大的虎形魔獸擋在托利斯正門前！跟上次對戰的那個砂之王差不多大！」

……真的假的？

會議室頓時鴉雀無聲，呈現了我此時的心情。

「總之就是這樣，先觀察一陣子吧。你們這群人各個膽小如鼠，知道狀況危險應該不會輕舉妄動，但還是安分一點吧。」

愛麗絲的聲音顯得格外響亮。

為了掩飾這種心思被看穿的感覺，我壓住愛麗絲的頭說：

「妳、妳說誰膽小如鼠啊！我們如月戰鬥員可是無所畏懼的猛漢！跟砂之王陷入苦戰是因為火砲對牠沒用，對付其他魔獸就能一擊必殺！……你們幾個，我說的沒錯吧！」

「哦哦，對啊，誰會怕啊！對吧？你也沒在怕吧！」

「雖然肚子附近有點絞痛，但還是游刃有餘啦！」

「砂之王啊……不，不對，要是火砲有用，我就會用槍林彈雨把牠打成蜂窩！」

看到這群虛張聲勢猛然起身的戰鬥員，被我撥弄著頭的愛麗絲說：

「跟你們這些蠢貨解釋一下吧。這顆行星殘存了戰車、歐帕茲，還有機甲蜥蜴和光學武器。如今在一夕滅亡的托利斯國門前，還出現了跟砂之王體型相似的巨大魔獸。神祕對手恐怕擁有比地球更高端的技術或近代武器，說不定還有生化武器。你們成天嚷嚷要在當地人面前展現威能，但這次恐怕沒辦法嘍。」

躁動吵嚷的戰鬥員頓時閉口不語。

剛剛毫無抵抗任我擺弄的愛麗絲此時直盯著停下動作的我說：

「但考量到你們戰鬥員的性命價值，只派一個小隊的話，應該可以試著突擊看看……」

「幹嘛看著我說啊！我知道了，是不是我上次無視妳的命令，妳到現在還懷恨在心！對不起，我當時居然沒有相信妳！真的很抱歉！」

「說過好幾次了，不要用價錢衡量我們的性命！」

「在場都是身經百戰的戰鬥員啊，能不能對我們好一點啊！」

聽了我們的譴責，愛麗絲無奈地搖頭。

「那就照我剛剛所說，現階段先觀察，暫時留在基地小鎮努力開發吧。用遊戲來舉例的話，就是內政階段，這次就好好聽話……喂，不准一意孤行跑去做傻事喔。我說你們，不要像『包在我身上』那樣面露踐樣，這可不是在鋪哏啊！」

2

我跟愛麗絲一同走出會議室後，走廊轉角處就傳來熟悉的嗓音。

（這、這樣不行啦……而且材料採買的廠商都是固定的……）

（材料這種東西，不管在哪裡買都一樣吧？我認識一個男人，能用便宜的價格把肉賣給我。你就跟他採買，再把差額……懂吧？分給你的絕對不會少……）

聽到依稀傳來的呢喃細語，我跟愛麗絲看向彼此點了點頭……

「抓到啦啊啊啊啊啊啊啊啊啊！」

「啊啊！幹嘛突然抓人啊！」

我當場逮住在轉角另一邊密談的雪諾。

「還好意思問啊，妳這女魔頭！竟然想讓我們吃可疑的肉！」

愛麗絲對負責為基地採購食材的魔族男子說「趁現在快走」，把他趕跑了。

被我壓制住的雪諾確認過是誰抓住自己後——

「誰、誰是女魔頭啊！我只是開點小玩笑而已，又沒有真的這麼做！沒錯，只是邪惡組織特有的如月式幽默！」

這、這傢伙，居然用了連我都說不出口的「如月式幽默」這個詞……

「明明只是個實習戰鬥員，未免適應得太快了吧！妳被邪惡組織荼毒太深了！妳是第幾次被抓到非法盜賣了啊！」

雖然只是暫時性的處置，但雪諾轉進我們組織了。

最近雪諾在葛瑞斯王國闖太多禍，似乎被部分貴族視為問題人物。

所以這傢伙的主子緹莉絲問我們能不能暫時收留她，這樣也能讓王族躲過世人的批判。

其實她算是完全轉進如月了，但她可能知道自己拿掉騎士屬性後就一無是處，現在老是一哭二鬧三上吊。

她本來就常進出基地，同僚也都見過她幾次。

除此之外，緹莉絲還說「因為蘿絲跟格琳都轉隊了，看她被排擠也挺可憐的……」所以我們就先收留她了……

「認真做壞事當然值得嘉許，唯獨不要非法盜賣食材。戰鬥員的身體也是資本，至少三餐得讓他們吃點好東西。」

「喂，愛麗絲，不要對這個女魔頭太好！否則她又會繼續搞鬼！」

雪諾加入如月後就變得活力充沛，可能跟邪惡組織的調性很合吧。

「這傢伙進如月後，每天都生龍活虎的！前陣子那股嚴肅的氛圍到哪去了！把當初追問我是不是間諜的那個嚴肅騎士團長還來！」

「少、少囉嗦，我本來就是這種人！……不過，你覺得我看起來生龍活虎啊？……唔，應該是因為小隊能像以前那樣全員到齊，讓我有點興奮吧……」

說著說著，雪諾變得面紅耳赤。但她應該為盜賣食材感到羞恥吧，搞錯重點了。

雪諾現在還被我牢牢箝制，愛麗絲在一旁蹲了下來。

「……先不管妳在這裡幹嘛，另外兩個人在做什麼？」

——在基地小鎮的配給站中，站在魔族面前的格琳露出了溫和的笑容。

「來，請用。很燙，小心點……你好像受傷了，不要勉強自己喔。」

「謝、謝謝……那個，妳可以鬆手了。這點小傷還不至於弄掉盤子……」

手部有傷的魔族少年從格琳手中接過了燉菜盤，然而……

「真的不要緊嗎？要不要姊姊餵你吃？」

「沒、沒關係！那、那個……這樣就好！」

魔族少年拿著燉菜盤，面紅耳赤地跑走了。

格琳帶著微笑目送少年離開。這時，她似乎看到我和愛麗絲了。

「哎呀，兩位有何貴幹？來這邊領取配給的人越來越少了。鎮上到處都開了餐廳，應該不需要再提供配給了。」

「這樣啊，辛苦妳了。這不是重點……」

此時，有個魔族少女膽戰心驚地將盤子遞給面帶笑容的格琳。

「不好意思……」

少女正想開口時，格琳就迅速將燉菜盛到盤子裡推還給她。

「謝謝！」

「不用謝，快吃吧！不過燉菜很燙，吃的時候小心點！好了，下一位！」

格琳粗魯地將笑容滿面的少女趕走後，便用湯勺攪動燉菜使其冷卻。見狀，我不禁開口吐嘈。

「喂。」

「幹嘛？這裡人手還夠，不如說讓我一個人來做就行。唔呵呵，我要趁現在好好餵養這些天真無邪的少年，屆時就會養出對美麗溫柔的大姊姊心懷憧憬的孩子。這是對未來的投資，就算是隊長，我也不會讓你插手干預。」

是不是該趁現在把這傢伙隔離起來啊？

話說總覺得她是最不能負責配給任務的人選，對男生跟女生的態度未免也差太多了吧。

……回答我的同時依然勤快工作的格琳此時卻忽然停下動作。

她面前有個手拿餐盤的狗型布偶……

「妳是蘿絲吧！這些配給要分給基地小鎮的魔族！妳可以在如月那邊吃，所以不能給妳！」

穿上先前那件布偶裝的蘿絲竟若無其事地等著拿配給。

「漂亮的大姊姊，請給我飯吃！」

「事到如今就算說這些假惺惺的奉承話，我也不給！喏，把我的零食拿去吃，滾一邊去！……為什麼連隊長都伸手來討啊？你自己去買啦！」

耳根子軟的格琳還是從口袋裡拿出了點心……

看到完全回歸日常的這幅光景，愛麗絲將手臂環在胸前喃喃自語。

「碰到戰鬥以外的事，這些傢伙真的很靠不住耶……」

3

隔天。

「基地就拜託各位留守了。」

這裡是基地小鎮通往森林的大門前。

揹著背包的愛麗絲站在變裝成怪人毒蛇女的杜瑟身旁說道。

為兩人送行的是戰鬥員以外的老面孔。

「嗯，這個小鎮就交給我治理吧！我以前就對內政很感興趣！不對，是超級感興趣！」

負責留守的雪諾情緒莫名亢奮地說。

這傢伙感興趣的應該是賄賂、賄賂和賄賂吧。

「了解。我跟蘿絲只要盯著雪諾別亂搞事就好吧？」

「包在我身上。如果雪諾小姐做壞事，我用咬的也要阻止她！」

「我、我來這裡之後，你們就對我越來越狠了耶……」

看到格琳和蘿絲的反應，雪諾露出有點複雜的表情唸了幾句……

「……妳說拜託我們留守，到底是要去哪裡啊？」

「因為超大機甲蜥蜴跟蠻族搗亂，至今都沒辦法好好勘查周遭環境。我想趁現在情勢穩定時勘查四周，確保可利用資源和工業開發用的水源。簡單來說，就是探索任務。」

……

「喂，等等，妳打算一個人展開這麼快樂的冒險之旅嗎！妳這麼弱很容易遇到危險耶，帶我一起去啦！妳的戰鬥能力和小孩子沒兩樣，應該需要戰鬥員護衛吧！」

愛麗絲立即指向同樣揹著背包的杜瑟說：

「護衛已經有了，因為我這次要帶杜瑟一起去。她不僅實力比你們強，聰明伶俐又有這個世界的常識。不管怎麼想，杜瑟都比戰鬥員可靠吧。」

「啊……那、那個，我會加油……」

說完，杜瑟就低頭一鞠躬。這樣我也無話可說了。

等一下，不是這樣吧！

「等等，愛麗絲，妳的搭檔是我耶！小瑟！我知道妳很優秀，但不要搶走我的定位好嗎！」

「對對、對不起，真的很抱歉！那個，愛麗絲小姐……六號先生都麼說了，我還是回辦公室工作比較好……」

杜瑟渾身顫抖地提出建議，愛麗絲卻搖了搖頭。

「反正我就是需要對這個世界無所不知的人。但其他那三個當地人都蠢得可以，打從一開始我就沒得選啊。」

「喂，愛麗絲，我原本可是菁英啊！說我蠢是什麼意思啊！……不對，有件事讓我有點在意。六號就算了，怎麼連愛麗絲叫毒蛇女小姐『杜瑟』呢……而且聽她的說法，感覺杜瑟小姐是這顆行星的人……？」

雪諾一個人咕噥著莫名其妙的話。我沒理她，繼續對愛麗絲死纏爛打。

「拜託啦，愛麗絲，我不是妳的搭檔嗎！最近妳都擺一副指揮官的架子，看都不看我一眼，偶爾也理我一下嘛！而且就算小瑟再強，兩個女孩子還是很危險啊！」

說得更直接一點，與其留在基地小鎮做瑣碎的行政和內政工作，我更想跟她去探索行星，感覺充滿未知與冒險。

我抓著她嬌小的肩膀搖來晃去。明明是仿生機器人，愛麗絲卻露出煩惱的表情嘆氣了。

「……真拿你沒辦法，那你也一起上路吧。但不能像剛到這個國家時那樣做蠢事喔。畢竟你有過對降雨的古代文物惡作劇的前科。」

我將愛麗絲揹在身上的背包一把搶過，將它掛在肩上。

「雖然不記得我做過什麼惡作劇，但包在我身上吧。哎呀～我會不由分說地將靠近妳們的蠻族一拳揍飛。」

「我不是叫你別做蠢事嗎，混帳東西。在這次的探索行動中也要籠絡附近的蠻族。」

聽了愛麗絲這番話，我興奮地揹起背包。

這時，跟在我身後的杜瑟對愛麗絲提出疑問：

「愛麗絲小姐，不把這件事告訴其他戰鬥員沒關係嗎？說不定還有其他人跟六號先生一樣想一同前往……」

「一定會有啦。就是因為厭倦安逸的人幾乎都想跟過來，我嫌麻煩才沒管他們。只要隨便帶個土產回來，他們就會忘得一乾二淨。」

愛麗絲理所當然地這麼說，不過情況確實會變得很棘手。

一生氣就很難搞的虎男，為了尋找比龍族更強的魔導石踏上了旅途。

其他戰鬥員的個性很單純，只要杜瑟用無辜的眼神交出土產，他們馬上就不氣了吧。

而且……

「雪諾說要留在鎮上，格琳的腳也不適合探索森林。」

「是啊，畢竟我是都會女子，要探索森林還是別算上我吧。我還要負責監視雪諾。」

被愛麗絲盯著腳的格琳笑容滿面地將雙手放在大腿上。

「我是可以跟去森林狩獵魔獸來吃啦……」

「妳的戰鬥力是沒什麼問題，但腦容量不太夠。這次就乖乖留在基地，把愛麗絲出的算術作業做完吧……哦，那是什麼眼神？哼哼，我有上完義務教育，等級和妳不同喔。」

「……你的智力跟蘿絲半斤八兩，居然還敢炫耀，簡直莫名其妙……算了，你們倆準備好了嗎？」

背包被我搶走後變得一身輕的愛麗絲問道。

「小瑟，妳是第一次進行探索任務吧？途中要經歷非常刻苦的野營生活，但我們絕不寬待喔。不過如果真的撐不住了，還是可以依賴我這個資深戰鬥員。」

「好的，屆時請讓我依賴你吧，六號先生。我會努力不拖兩位的後腿……」

說完，我們看著彼此點點頭。見狀，愛麗絲一反常態，露出了好戰十足的表情。

「此行的探索目標是找出可利用資源、確保水源，以及籠絡蠻族！最重要的是，我要揭發這顆星球棲息的那些無視物理法則的奇幻生物！」

這傢伙決定目標的時候，完全加入了自己的私欲嘛。

說獅鷲的飛天能力不符合航空力學，將超自然現象視為眼中釘的愛麗絲應該沒辦法忽視這一點吧。

……算了，之前有她幫忙，才能做出杜瑟自爆的假象。念在她辦事得力的份上，這次就陪陪這位很難伺候的搭檔吧。

「不管是獅鷲還是龍！我一定會用科學的力量，殲滅這些挑釁進化論和航空力學的生物！」

將超自然現象視為弒親之仇的仿生機器人，大聲喊出這番宣言——！

4

「愛麗絲！愛麗絲～！救命啊，愛麗絲！這東西用槍打也沒用啊！」

雙手拿著手槍的我馬上就後悔自己跟過來了。

「等等，這些東西交給我來驅除。我剛才已經請本部傳送如月特製的吸塵器過來了。」

走進森林深處後，我們莫名地被淡綠色的神祕光球追著跑。

不，正確來說，只有我被追著跑。

不知為何，那團輕飄飄的東西一直緊跟在我後頭。

「那是風之精靈，對人體無害，所以不必懼怕。據說精靈為這個世界帶來了各式各樣的恩賜，因此各地都對精靈十分景仰。」

杜瑟這麼說，並用慈祥和藹的眼神看著我和精靈上演追逐戰。

「怎麼又跑出『精靈』這種莫名其妙的東西啊……好了。」

確認吸塵器送達後，愛麗絲扭開隨身攜帶的採樣用玻璃瓶蓋子。

「抓到風之精靈了。」

「愛麗絲小姐！」

精靈被關進玻璃瓶了。

「……呼，謝了，愛麗絲。若是能用武器幹掉的對手，我還有辦法應付，這種類似幽靈的東西我真的不行。」

「別客氣，我們都有各自擅長的領域嘛。回到基地後，我要把這東西送回如月。既然是稀有生命體，應該能賣到不錯的價錢吧。」

「不、不能把精靈賣掉啦！牠們是非常神聖的存在耶！」

杜瑟一臉嚴肅地對蓋上瓶蓋的愛麗絲極力解釋。

我在杜瑟面前搖搖手指，咂舌幾聲說：

「小瑟還是沒搞清楚狀況啊，這樣還算是如月幹部嗎？我們可是邪惡組織啊。沒錯，所謂邪惡，就是明知不可為而為之。」

「唔！是、是啊！我已經是邪惡組織的幹部了！」

杜瑟恍然大悟地盯著飄浮在瓶中的精靈，露出充滿覺悟的神情……

「……哼哼，不管你是多麼神聖的存在，我們也不可能崇拜你……！」

「小瑟，風之精靈逃出來了。」

「我還以為牠是那種發光的飛蟲呢，這傢伙到底是什麼生物？……也罷，既然連子彈都能穿透了，當然也能穿過玻璃瓶。」

剛剛對玻璃瓶喊話的杜瑟雙手摀著通紅的臉蹲了下來。風之精靈掙脫後，又在我身邊飛來飛去。

「你怎麼老是被奇怪的東西纏上啊？你會釋放出非人類喜歡的電波嗎？」

「漫畫或遊戲裡的精靈都喜歡心靈純淨的人類耶。而且牠看起來很弱小，要是我們傷害牠，精靈老大可能會殺過來喔。」

我決定忽視飄浮的精靈和紅著臉蹲在地上的杜瑟，再次環視周遭一圈。

想要確保水源的愛麗絲帶著我們踏入森林深處，眼前正有一片一望無際的廣闊大湖。

幾乎會讓人誤認成海洋的巨大湖泊，水質清澈到不可思議，完全體現出這顆星球毫無汙染的自然風貌是多麼迷人。

標高超過富士山的山脈在遠處連綿不絕，湖邊還有一大片樹齡不知幾百年的蓊鬱蒼林……

「……吶，愛麗絲。看到這麼美麗的景色，我開始懷疑自己的行為是否正確了。為了準備興建的工廠，才要用到這片湖泊的水源吧？我在想，真要讓人類介入這片大自然嗎……」

「原來你還有一點良心啊。我是仿生機器人不懂這種感覺，但你要珍惜這份良知。」

「六號先生……」

愛麗絲和杜瑟凝望著我略顯感慨的背影——

「愛麗絲，趕快找出可利用的資源，展開侵略計畫吧。那邊長了一大堆木材，除了工廠之外，再來蓋幾座小木屋，就能跟幹部們一起開烤肉派對了。既然有這麼清澈的湖泊，就該帶泳裝過來。」

壯麗的自然景觀，我兩分鐘就看膩了。

「幸好你的良心就只有這點程度而已。這才是六號的作風嘛。」

「六、六號先生……」

——早已將周邊地形的鳥瞰圖記在腦海裡的愛麗絲領著我們在湖畔走了好幾個小時。

「……吶，小瑟，這些東西真的無害嗎？聚集這麼多實在有點噁心耶。」

「真、真奇怪……我也從未聽說過這種現象……」

我被五顏六色的精靈團團包圍，完全看不到前面了。

「是說這怎麼看都是有害生物吧，我連腳邊都看不見了耶。不但無法留意忽然現身的敵人，要跑也跑不掉。」

以我的頭部為中心，一大群精靈擠在一起。

如果是樣貌可愛的妖精也就算了，被一團光球包圍只讓我覺得刺眼，完全高興不起來。

「吶，小瑟。『深受精靈喜愛』這個設定，感覺可以發揮出某種超強的力量耶，有沒有這方面的消息？」

那些故事主角經常都會深受精靈、妖精或亞人的青睞。

「這個嘛，魔法體系中確實有名為『精靈魔法』的類別。據說精靈原本是各種女神大人的眷屬。一般來說，這種魔法的基本要素是向女神祈願，請女神引發奇蹟，將其眷屬精靈借來使用……但如果跟精靈打好關係，心意相通的話，似乎就能直接與精靈交涉借用力量。比起向女神大人獻出魔力和代價，這種方法好像能在使用魔法時更省力。」

地球人又不能使用魔法，所以我馬上就失去興趣了。但聽完杜瑟的說明，我彷彿看見一絲曙光。

「總之，就是女神會抽取魔力傭金，負責幫人類和精靈翻譯吧？如果我會說精靈語，就感覺深受精靈喜愛的我也能使用魔法了。

不需要女神這個仲介了。」

「是這個意思沒錯，但你會被女神大人制裁喔……？」

說是這麼說，但如果這點玩笑都會被制裁……

「愛麗絲的罪孽應該比我更重吧。妳看，她用殺蟲劑狂噴那群精靈耶。」

「不行啦，愛麗絲小姐，精靈是很神聖的……！啊啊，但我是邪惡女幹部……！」

愛麗絲沒把陷入糾結的杜瑟放在眼裡，繼續驅趕精靈。

我覺得殺蟲劑應該殺不死精靈，但精靈似乎很討厭那種神祕的藥劑，最後還是從我身邊四散而去。

「原來物理攻擊也對精靈有效。我也拿點殺蟲劑過來好了。」

「請高抬貴手！精靈真的是非常神聖的存在啊！」

5

調查完湖泊水質和土壤性質後，天色早已暗下來了。

我們決定在湖畔紮營，於是立刻動手準備。

雖然杜瑟階級比我高，她依然是我的後輩。為了在她面前耍帥，習慣野營的我馬上去收集柴薪。

半乾的嫩枝容易起火冒煙——為了展現諸如此類的野營知識，我找了一堆適合當柴薪的小樹枝回到原處……

在愛麗絲的指示下，杜瑟叫出了一座組合式的貨櫃屋。

「……我說小瑟，妳怎麼要得到這種東西？如果只因為妳是幹部，他們是不是對妳太偏心了？」

組合式貨櫃屋的強度更勝於災害用的組合式住宅。

在魔獸棲息的森林中，可說是最棒的居住選擇。

杜瑟瞄了綁在手臂上的傳送裝置一眼。

「不，是因為我得到了很多惡行點數……」

說完，她露出有些愧疚的表情。

……真的假的？身為魔王卻像天使一樣善良的杜瑟，到底是做了什麼傷天害理的壞事？

原本那麼純潔的孩子已經被如月荼毒至此了嗎……

「小瑟……如月確實是邪惡組織，但也不是要妳勉強自己做壞事喔。我知道妳做事很認真，但等妳更習慣組織生活後再做也不遲……」

雖然下意識說出了體貼的話，但我不該這麼做。

杜瑟也是下定決心才加入如月。我身為邪惡組織的前輩，這時候應該要好好讚美她才對啊……！

「那個，小瑟，我不是在生氣啦。對了，可以問一下妳做了什麼壞事，才能拿到這麼大的貨櫃屋嗎？」

面對五味雜陳的我，杜瑟頓時臉色陰暗地低下頭去——

「我不小心刪了六號先生的遊戲存檔……」

「搞什麼鬼啊，小瑟！不對，我的確很想問妳在搞什麼鬼，但為什麼這樣就能拿到一堆惡行點數啊！呃，在某種意義上，妳也算是做了很恐怖的事啦！」

正當我不知該稱讚她還是對她發火的時候，愛麗絲從旁打岔道：

「惡行點數的計算機制，是將當事人的良心苛責、被害者的精神打擊和罪行嚴重程度加總而成。換句話說，誤刪你的遊戲存檔在杜瑟心中算是罪大惡極的大壞事了。」

……原來如此。

舉例來說，杜瑟和莉莉絲都因為在沙漠好幾天沒喝水而口乾舌燥。

如果沙漠中忽然出現一台飲料販賣機，杜瑟就會先拿出錢包翻找零錢。要是找不到，她才會在萬般糾結之下，開始煩惱如何在不破壞販賣機的前提下拿出一罐飲料……

但莉莉絲應該連錢包都不會拿出來，而是興高采烈地砸壞販賣機把飲料掏個精光，順便把零錢盒子一併搶走。

在這種狀況下，雖然莉莉絲的罪刑較嚴重，但兩者能得到的惡行點數應該相差無幾。

這麼說來，我前陣子在葛瑞斯鎮上到處撒三跳蛙的卵，引發類似大規模恐攻的騷動時，儘管實際受災狀況不大，我還是得到了大量惡行點數。

「也就是說，如果連我都會受到良心譴責，就能躺著賺點數了嗎？」

「沒錯。但應該得是無法無天的壞事，否則你的良心哪會受到譴責。」

這丫頭把人當成什麼了。

「託小瑟的福，今晚可以不用睡在帳篷裡，我就原諒妳吧。不准再把我的存檔刪掉嘍。還有，雖然我說會原諒妳，妳還是要幫我把那個爛遊戲玩到跟之前同樣的進度。」

「好，我一定會幫你玩到破關。」

明明是被我訓了一頓，杜瑟說話時的表情卻莫名有些雀躍。

幹了這種大壞事，居然毫無反省之意，怎麼回事啊？

這也是加入邪惡組織的弊病嗎……

「笑什麼笑啊，小瑟？在日本犯了刪除存檔罪，絕對會被處以重罰喔。如果妳刪的不是我的存檔，現在後果可能已經不堪設想嘍。」

我用捧在手裡的小樹枝燃起篝火，對杜瑟出言警告。

「嗯，我知道了，六號先生。以後我只會對你做壞事。」

「根本沒聽懂，妳完全沒聽懂嘛，小瑟！」

看到我的反應，蹲在篝火前的杜瑟笑得開懷。不愧是前任魔王，個性果然有點偏差。

這時候就該發動逆襲，用文明的利器嚇嚇未開化的當地人杜瑟了。

「小瑟，等一下我會展示不用魔法就能點火的技術，妳要看仔細喔。這東西叫點火槍，不是打手槍喔。」

「原來如此，點火槍……外型有點像魔法火槍呢。這要怎麼用呢？」

…………

「喂，愛麗絲，魔法火槍是什麼啦！她說了一個很像魔法少女武器的名詞耶！」

「我從以前就叫你不要小看這顆星球的文明程度了吧。住在王城裡時，不也有能用神祕力量啟動的電視跟燈具嗎？一般庶民雖然得在地面挖洞如廁，但上流階級的供水和下水道設備都十分完善，生活樂無憂呢。」

這麼說來好像有這回事……？

「那個，六號先生，我已經引燃了……」

在我還在嗆愛麗絲的時候，杜瑟已經把火生好了。

「……這就是魔法火槍？可以用點火槍跟妳交換嗎？」

「可以是可以，但這要有魔力才能啟動喔……？」

又是魔力，時不時會在這顆星球出現的神祕詞彙。

「算了，反正今晚還很漫長，我們圍著篝火聊聊天吧。雖然生火方面是我輸了，但野營技能就包在我身上。畢竟我是改造人，有夜視能力，就以如月前輩的身分去找點能吃的食材過來……」

「……啊，我剛才在湖裡抓到三眼鰻了！現在放在水桶裡吐沙，就把牠煮來吃吧！」

我說小瑟啊……

6

杜瑟將三眼鰻這個謎之生物處理乾淨後，穿在籤子上用篝火烤炙並撒上鹽巴。隨後，她歪頭提問：

「對了，六號先生，我們要聊什麼呢？」

「嗯，我已經放棄擺前輩架子了。恭喜妳，小瑟，妳已經可以獨當一面了。」

「謝、謝謝稱讚……？」

杜瑟完全聽不懂我在講什麼，一臉疑惑地向我道謝。

「雖然我剛才都在旁邊默不吭聲，但杜瑟可是忽然被提拔成幹部的人才喔。幹部自然看重戰鬥能力，但也需要足以指揮戰鬥員的統率力和判斷力。怎麼能跟你這個劣質品比呢？」

「喂，妳說誰是劣質品啊！而且我認識的那些幹部幾乎都是問題人物耶。虎男先生的智力應該跟我差不多吧。」

沒錯，虎男就是最好的例子。身為最資深的幹部之一，本來是被送來此地增強基地小鎮的防衛戰力，卻想在蘿莉控領域中登峰造極。

為了完成想變成小學生的夙願，他對杜瑟的時間魔法寄予一絲希望，出發尋找這顆星球最強的魔導石。

就算他是貓科怪人，行動也太自由了吧。

愛麗絲卻無奈地聳聳肩。

「別看虎男那樣，他也是名門大學畢業的，甚至還有教師執照呢。只是天生的壞人臉害他在教甄屢屢落榜，因為一些原因才會加入如月。」

「等一下，他的教師執照絕對是小學的執照吧。教甄會落榜也不是臉的問題，而是其他原因吧。」

……杜瑟面帶微笑地看著我們爭執，眼神彷彿在看一對可愛的兄妹。

「六號先生和愛麗絲小姐的感情真好呢。我記得你們的關係是……搭檔對吧？」

「姑且算是啦，但這丫頭最近都冷冰冰的……」

「仿生機器人怎麼可能是溫熱的啊。你的腦子夠熱就好了。」

幹嘛這麼冷漠啊，再怎麼說也是搭檔耶。

就在此時。

「……哦？愛麗絲妳看，精靈又圍過來了。即使沒血沒淚的邪惡組織仿生機器人不懂，但這些東西一定是理解我純粹無瑕的心靈，才會不斷接近我。」

繼白天之後，精靈再度聚集而來。愛麗絲好奇地伸手戳弄。

「對了，小瑟白天的時候不是說過嗎？只要聽懂精靈語，說不定連我都能使用魔法。愛麗絲，可以把我說的話翻譯成精靈語嗎？」

「這些東西是電漿，或是螢火蟲的一種。」

所以我才受不了科學腦的機器女孩。

「六號先生，我對精靈語略懂一二，需要我幫忙翻譯嗎？」

「哦，那就麻煩妳啦，小瑟。我想想喔。『我們是好朋友，好好相處吧』，先用這句探聽一下。」

我勾起一抹微笑。杜瑟對飄在我眼前的精靈低語了幾句。

只見精靈不停閃爍，彷彿在回答一般——

「那、那個……牠們說『來自異星球的汙穢人類啊，別胡說八道了，馬上滾出去。否則就對你們降下一輩子的詛咒』……」

「小瑟，這些東西一點也不想親近我啊！我被徹底討厭了耶！」

對口出惡言的精靈噴灑殺蟲劑驅趕後，愛麗絲把手撐在地上探出身子，一臉好奇地看著精靈。

「怎麼，對精靈感興趣啦？真難得，妳不是把超自然現象視為弒親之仇恨之入骨嗎？」

「……不，我在想牠們為什麼能這麼精準地說出『來自異星球』這種話。杜瑟應該不會隨便透露，難道牠們體內暗藏可以預測未來的電腦？但這些只是莫名其妙的浮游物啊……」

愛麗絲咕噥著有點艱澀的話。一旁的杜瑟向精靈伸出手，精靈就駐留在她的指尖，彷彿在休息似的。

現在的杜瑟雖然穿著怪人毒蛇女的衣服，不過在夜晚的湖邊讓精靈暫留指尖的這一幕卻夢幻無比——

「好，這次真的抓到精靈了。」

「愛麗絲小姐！」

愛麗絲早已神不知鬼不覺地用手上的吸塵器捕獲精靈，彷彿是為了這一刻才事先收在貨櫃屋裡。

「對付鬼魂或精靈這種可疑的東西，用吸塵器果然有效。」

「說是這麼說，妳還是很喜歡用這台吸塵器驅逐靈體之類的東西吧。」

「啊啊……精、精靈……」

在杜瑟獨自震驚時，愛麗絲心滿意足地收起了吸塵器。

「讓莉莉絲大人去調查那個精靈之類的玩意兒吧。順利的話，說不定你們這些戰鬥員也能驅逐這顆星球上的鬼魂。」

「……也好啦，那種精靈感覺很邪惡……」

就在此時。

不遠處忽然響起硬物敲打木頭的喀喀聲。

感受到不知打哪兒來的緊迫盯人的視線後，我立刻踩滅篝火。

「小瑟，妳跟愛麗絲一起躲回貨櫃屋！這應該是會把頭敲破的什麼族威嚇的聲音！」

「是破頭族啦。現在逃回貨櫃屋也來不及了，我們被團團包圍了。」

跟我同樣擁有夜視能力的愛麗絲環視一圈後舉起了槍。

「妳不是高性能仿生機器人嗎！沒有配備紅外線感應器之類的功能喔！」

「說什麼傻話，我身體裡當然有熱像儀和紅外線這些機器。居然在身上塗了能抑制體溫的液體啊。畢竟是在森林裡生活的人，會在身上塗泥巴防止蟲咬吧。」

愛麗絲這麼說，十分好奇地四處張望。現在不是讚嘆蠻族的時候吧。

「既然對方是活生生的蠻族，就能用槍對付！喂，不要小看如月！」

用改造人的夜視能力捕捉到破頭族的身影後，我拿起突擊步槍瘋狂掃射。

多虧上次那場拯救杜瑟大作戰，我的惡行點數十分充裕。

除了新型突擊步槍之外，我還為心愛的武器R鋸劍裝滿了彈藥，怎麼可能輸給未開化的當地人。

我毫不客氣地對藏在樹叢間的人影掃射子彈。雖然知道跟他們語言不通，我好歹還是做出了勸降喊話。

「哈哈哈哈哈，這就是文明的利器啊，你們這群蠻族！這次只是威嚇射擊，等等就會打在你們身上了！惜命的話就投降吧！如果聽懂我說，所有人就把武器扔下！」

可能是因為被我瘋狂掃射，對方根本無暇反應。

這時，一個看似破頭族的人影輕輕舉起手上的斧頭，高舉過頭後用力一扔。

「唔哇！」

我立刻低下頭，扔過來的手斧伴隨破風聲穿過我的頭頂。

「就算星球和國家不同，言語無法相通，透過表情跟態度也能看出個大概。勸你不要隨便挑釁。」

「少、少囉嗦！我剛才只是有點嚇到而已！等等就真的要殲滅……！」

差點嚇到尿出來的我開始虛張聲勢。拿我當擋箭牌躲在後頭的愛麗絲用手指輕輕敲了自己的頭。

「這裡就交給我這個智慧擔當吧，我應該能從對方舉手投足間看懂他們想說什麼。如果能靠溝通拿下超強蠻族，這麼做當然比較妥當。」

「……那就拜託妳了。如果交涉情況不太尋常，就給我發個暗號……」

我話還沒說完，愛麗絲就從我身後探出頭大喊道：

「說吧，你們這些蠻族有什麼要求！要錢？要女人？還是要權力？我這裡有數不盡的食物、衣服和閃亮珠寶喔。來，只要向我們屈膝臣服，想要什麼統統拿去！拒絕投降可是死路一條，給我搞清楚！」

我勉強用戰鬥服的護手擋下了再次扔過來的斧頭。

「妳這蠢貨，該不會想用剛剛那番話拉攏他們吧！什麼狗屁智慧擔當啊，跟我差不了多少好嗎！」

「蠻族的生活不就只有吃喝睡嗎？我提出的條件已經很優渥了吧。剛才只是稍微沒溝通好而已，下一次就能順利解決，包在我身上。」

愛麗絲帶著謎一般的自信這麼說，但這呆瓜一副看不起破頭族的樣子，派她去交涉根本沒用。

就在我們互相抱怨時，不知不覺間，杜瑟已經站在破頭族面前了。

「抱歉，這麼晚還來森林裡打擾各位。我們不是來搶奪你們的獵物，所以能不能讓我們再待一會兒呢？」

「小瑟，妳在幹嘛！對方沒這麼通情理，說這些行不通啦！」

我擋在杜瑟面前，準備在她被攻擊時捨身保護。接著有個頭戴面具穿著草裙的男子猛吸一口氣……！

「喲耶耶耶耶耶耶耶耶耶耶耶耶耶耶！」

「看吧！小瑟，他們氣死了啦！喂，愛麗絲，撤退！請本部送閃光彈過來！」

突如其來的怪聲把我嚇得半死，杜瑟卻一臉驚訝地搖了搖頭。

「不，他們是說『小姐，只要不對我們的主食波波蛇出手，就請諸位自便』……」

「為什麼這麼有紳士風度啊！等一下，小瑟你聽得懂他們在說什麼？」

「是、是啊……因為破頭族也說精靈語……」

那聲「喲耶耶耶耶」竟然是精靈語喔。

……但跟杜瑟談話的破頭族已經將手斧收回腰間，可見他們真的語言相通。

於是我猛吸一口氣。

「喲耶耶耶耶！」

《惡行點數增加。》

「啦啊啊啊啊啊啊——！」

我試著喊出這句感覺是精靈語的話，就看到手斧隨著怪聲直飛而來，我在千鈞一髮之際躲開了。

「六號先生，你在說什麼呀。講話不能這麼過分啦！」

「我只是模仿他們的『喲耶耶』而已！惡行點數居然還增加了，我到底說了什麼啊！」

7

經過杜瑟拚命解釋，破頭族總算回去了。吃完晚餐後——

「不過，沒想到那個破頭族這麼有紳士風度。喂，愛麗絲。照這樣看來，如果跟他們商量湖泊周邊的開發計畫，說不定會有點辦法喔。」

我對愛麗絲這麼說。她不顧四周早已夜幕低垂，從剛才就一直在調查地質狀況。

「行不通的。我們的目的是徹底侵略這片土地。首先，我們需要這片大到不行的湖泊與建工業地帶。自古以來，人類已經為了水源所有權交戰過無數次。就算他們再有紳士風度，只要這一帶被我們占領，他們絕不會坐視不管。」

愛麗絲將看似對講機的東西對著湖泊，頭也不回地說道。

——如今有越來越多魔族陸續移民到基地小鎮。他們得到愛麗絲交派的工作，日常生活品質也逐漸改善。

目前是由如月提供移民到基地小鎮的魔族食糧。

但我們的目的是開拓這片土地，好讓地球人移居至此。

據阿斯塔蒂所說，地球的食糧問題似乎越來越嚴重了。

由於魔族是戰後難民，我們才幫忙供養，但往後預計會讓他們成為開拓的勞動力。

但我們可是文明又有高度技術的如月社員。要開發土地的話，自然不會讓魔族拿鋤頭開墾。我們不會做這麼沒效率的事。

我們預計會用重型機械將這一帶剷平，規劃成工業區加以活用，還會在基地周邊建立廣大穀倉地帶。

為此，就得從這片巨大湖泊牽引水源，親手打造出工作環境後，再把魔族當成員工，瘋狂壓榨他們的勞力。

「……不僅讓魔族得以安居，甚至還提供工作機會，真的是處處勞煩各位……我願意傾盡全力報答如月的恩情……！」

聽了這個計畫後，杜瑟對如月變得更忠心了。

「小瑟，我們只是想讓魔族幫我們工作賺錢而已。報酬當然會給，但如月開的月薪很低，妳也不需要道謝。雖然不會把他們當奴隸使喚，但會讓他們變成社畜喔。」

「別這麼說。雖然不知道社畜是什麼意思，但得以居住在安全的城鎮，工作就能獲得溫飽，在這顆星球不知算是多大的恩賜……畢竟照理來說，戰敗的魔族應該要被貶為奴隸凌虐致死才對……！」

這麼說來，這顆星球的確是個欠缺倫理道德的世界。半獸人被當成奴隸虐待使喚，死了以後還會被津津有味地吞吃入腹。

「小瑟，不然妳用肉體來償還吧。都說到這個份上了，妳應該什麼都願意做吧？」

「是啊，我什麼都願意做！包在我身上！」

杜瑟的眼眸清澈無比，毫不猶豫地說道。原本想用下流要求調侃杜瑟的我不禁覺得毛骨悚然。

可惡，如果是雪諾的話，就能毫不客氣地隨意使喚她了……！

這時，正在調查地質狀況的愛麗絲開口了。

「六號，如果不希望我把剛才那些話告發給幹部的話，就答應我一個請求。」

「我問心無愧，被告發也無所謂啊，但我還是聽聽妳的要求吧。所以請妳別告狀。」

雖然愛麗絲從剛才就會時不時加入話題，視線卻一直盯著湖泊方向。

我和杜瑟也往該處看了一眼，不過沒什麼異狀……

「那你幫我潛到湖裡看一看。」

「怎麼忽然說這種話啊？」

就算我有夜視能力，但潛入夜晚的湖泊是不是太過分了。

聽到愛麗絲強人所難的要求，杜瑟卻露出幹勁十足的表情。

「是不是湖裡有什麼玄機？不如讓我下水吧？」

「我剛才用金屬探測器調查地底礦石，湖泊方向卻傳來劇烈反應。我猜應該有類似古代文物的東西沉在湖底。」

……原本以為她要故意刁難我，沒想到居然有理有據，我只好答應了。

——脫下戰鬥服後，全身上下只剩一條內褲的我往湖中央前進，期間還故意在滿臉通紅的杜瑟面前展示我自豪的肉體。

為了以防萬一，我咬著一把刀，用蛙式潛入水底。

我是改造人，就算不呼吸也能在水裡活動十分鐘左右。

多虧這雙改造後的雙眼，我在水裡不必戴蛙鏡，也能在昏暗的湖水中順利探索。

中途換氣了幾次，過了約莫一小時後，我終於在幾次湖中探索中發現一個橫倒在湖底的巨大黑影。

我帶著些微恐懼定睛一看，只見那個龐然大物的外表已然斑駁，機械內裝裸露在外。

我用水中攝影的數位相機拍照時，忽然發現這個外裝很像之前莉莉絲擊退的機甲蜥蜴。

但我靠近後，那東西也毫無動靜，可見已經完全停止運作了。

——為了報告這件事，我在水中潛泳到愛麗絲身邊。

「愛麗絲，湖底好像有個超大機器！但應該已經死了……呃，喂喂喂喂！」

我把臉探出水面，就看到愛麗絲跟杜瑟被魔獸團團包圍。

「喂，六號，快穿上戰鬥服！這些是傳說中的惡鬥猩猩！」

「等一下，至少給我三十秒！我想把濕答答的內褲換掉，給我三十秒就好！」

一群銀色皮毛的大猩猩在貨櫃屋四周搥胸威嚇。

有隻小猩猩趁我在脫內褲的時候，使出了低空擒抱術。

「魔王拳——！」

擋在猩猩面前保護愛麗絲的杜瑟將攻擊我的猩猩一拳揍飛。

小猩猩吃了這記猛烈的拳頭後倒臥在地。看到夥伴如此慘狀，那群猩猩變得更警戒。

「謝了，小瑟！我會用肉體報答這份恩情！」

「不用報答了，拜託你快穿上內褲！」

杜瑟將通紅的臉龐別向一旁。我立刻在她身後迅速換內褲、穿上戰鬥服。

「好，我穿好了，讓各位久等了！喂，該輪到我出馬了吧！」

我將手高舉，挑釁地喊出「放馬過來」後，那群猩猩居然對我豎起中指大聲咆哮，活脫脫就是人類的動作，真不知道是從哪學來的。

猩猩在地球上有「森林賢者」的美稱，但這顆星球的猩猩似乎一點也不敦厚。

「沒必要跟牠們硬碰硬。如果投降加入牠們，牠們反而會把我們當成手下保護。投降的姿勢好像是躺在地上露出肚子，你試試看吧。」

「不要！如月戰鬥員為什麼非得跟猩猩臣服啊！放馬過來啊，王八蛋！」

我拒絕愛麗絲的提議。這時猩猩群中最大的那一隻，竟壓低身子朝我使出擒抱攻擊。

不過我這陣子已經有辦法對付布偶合成獸的擒抱攻擊，所以這招對我沒用。

我連同這身重到不行的戰鬥服重量一起壓在猩猩身上。

但猩猩用全身肌肉的力量試圖推開我，撐住了我的壓制。

這傢伙明明是隻猩猩卻挺有一套嘛……！

其他猩猩似乎想支援這隻猩猩老大，卻因為杜瑟嚴守在側無法出手。

我用全身重量壓制，俯視這位在遙遠星球遇見的勁敵。

「好傢伙，居然能撐住我的重量……！好啊，讓你看看我的真本事。限制解——」

我跟猩猩對彼此露出狂妄的笑容，卻被愛麗絲用噴霧噴了一臉。

「……呀！眼睛！我的眼睛啊啊啊啊啊啊！」

「嗚嘎！吼啊啊啊啊啊啊啊啊啊啊啊！」

我們摀住雙眼滿地打滾，愛麗絲不理我們，冷冷地說：

「遊戲結束，快滾吧，不然用辣椒噴霧噴你們喔！」

說完，愛麗絲將噴霧對準那群猩猩，猩猩便倉皇奔逃了。

「過來吧，我幫你洗洗臉。你幹嘛在猩猩面前拿出真本事啊。」

「所以我才討厭沒血沒淚的仿生機器人！男子漢的對決才正要開始啊！」

請愛麗絲清洗眼睛時，我一邊對她抗議。這時杜瑟卻用十萬火急的聲音說：

「六號先生、愛麗絲小姐，有股強大的魔力朝這裡衝過來了，感覺是大型魔獸！」

彷彿要印證杜瑟這句話般，遠方陸續傳來某種吼叫聲——

「看來現代人的體味和食物氣味，還是不適合居住在森林裡啊。沒事，下次就能順利解決。我是可以存檔讀取啦，你們要努力活下來喔。」

「現在是說這種話的時候嗎！可惡，快撤退——！」

人稱「魔之大森林」的巨大樹海深處，是個連露宿一晚都難如登天的魔境——

【中間報告】

我不在的這段期間，地球的各位最高幹部是否無恙？

這裡的環境依舊嚴峻，對人類很不友善，我覺得自己對奇幻世界的幻想天天都在崩壞。

前幾天我跟精靈聊過了。

精靈在奇幻世界可是人氣僅次於妖精的生物，但我卻被精靈臭罵一頓。

這顆星球棲息的生物中，現階段能治癒人心的只有莫吉莫吉而已。

對了，這顆星球也有猩猩。

被譽為「森林賢者」的猩猩在這裡卻相當好戰，簡直像逞凶鬥狠的黑道。

拜託，我真的很想帶這裡的部下回去地球。

雖然我住的公寓被炸飛了，但請幫我申請職災、準備新的住處吧。算我求你們了。

報告者　想家卻沒了公寓的戰鬥員六號

第二章 英雄駕到？

1

從魔之大森林逃回基地後的隔天。

「開什麼玩笑，這幾天我打死不幹！這陣子我都要窩在安全的基地裡！」

在基地的房間內。

有過那麼可怕的經歷，愛麗絲居然又說要去森林探索，我氣得對她大呼小叫。

「你不是說在湖底看到了巨大機械嗎？被稱為『森之王』的機甲蜥蜴已被莉莉絲大人摧毀到無法修復的狀態了，這顆星球的科學技術結晶居然沉眠於湖底，我哪能放著不管。」

愛麗絲把我的抗議當耳邊風，說話時不停拉扯我的手臂。

「放手，小不點。去森林需要護衛的話，不是還有一堆閒著沒事的人嗎！我的存檔被小瑟刪掉了，正忙著把進度追回來呢！」

我扯開愛麗絲的手做出驅趕的手勢，結果愛麗絲說：

「不想陪我去的話，我就等你快破關的時候把存檔刪掉。」

「拜託別再用刪存檔這種方式為難我了好嗎！既然妳也會經常備份資料，應該明白存檔的重要性吧！」

當我正和沒血沒淚的仿生機器人爭執之際，門忽然被打開了。

「喂，六號，你到底幹了什麼好事！緹莉絲殿下要傳喚我們啊！」

雪諾一衝進來就咄咄逼人地問。只不過是被傳喚而已，怎麼就一口咬定是我闖的禍？

「幹嘛一進來就說這些？我現在又不缺惡行點數，不是我啦，犯人一定是其他戰鬥員。」

「一定是我們之中的某人闖了禍。」

這我倒是不懷疑。

——我被雪諾一路押解，和愛麗絲一起進入王城。一陣子不見，它的外觀又變了不少。

圍城的護城河追加為兩道，牆上到處都裝設了類似鈴鐺的東西，或許是某種魔法道具。

負責守門的士兵人數也增加了，守備森嚴不少。

我被帶進城裡後，疑惑地向一旁的雪諾詢問：

「警備變森嚴了耶，怎麼回事？」

「因為有個變態每晚都潛入緹莉絲殿下的閨房，才會加強警備。最近緹莉絲殿下也變得有點固執，拚命想阻止變態入侵。」

戰鬥員十號又闖進緹莉絲的房間了嗎？

雖然不知是什麼因素讓兩人變得如此熱情……

「於是兩人漸漸在這段交鋒中找到樂趣，不久後也慢慢意識到彼此的存在。十號沒有入侵的那一天，緹莉絲雖然能鬆口氣，但另一方面，心裡也會有點空虛吧。」

「不准在緹莉絲殿下面前說這種話，你會被斬首喔。」

……當我們邊聊著這些話題邊抵達中庭時。

「公主殿下，別擔心，我們都在！」

「請各位誠心祝禱！讓緹莉絲殿下的聲音上達天聽……！」

「緹莉絲殿下，在場所有人都不會笑您的！為了葛瑞斯王國和國民，請您一定要喊出那句神聖的祝詞——！」

只見幾名侍女以真摯的眼神為某人加油打氣。那人就是在能帶來雨水的古代文物前雙手交握，閉著眼誠心祝願的緹莉絲。

不一會兒，緹莉絲猛地睜開雙眼，高聲喊出那句祝詞……！

「小雞雞慶典——！」

緹莉絲表情無比認真地直盯著機械，我能從她身上感受到神聖至極的氛圍……

「吶，愛麗絲，妳相信嗎？那個喊著小雞雞的女孩，竟然是這個國家的公主殿下耶。」

「先別提公主身分了，就算是正值思春期的少女也不太妥當。這個樣子實在不能被她的父母看見耶。」

「喂，現在可是關鍵時刻，給我閉嘴！在家臣們鍥而不捨地說服之下，公主殿下好不容易才願意在眾人面前詠唱祝禱詞啊！」

可能是聽到我們的聲音了吧，凝視著機械的緹莉絲表情依然認真，卻立刻變紅了。

不過那個機械卻毫無動靜，上天可能沒聽見緹莉絲的祈禱。

見狀，緹莉絲將手摀在嘴邊，眼神凝重地陷入煩惱。

「這個人數還是不行嗎……啟動條件應該是在大眾面前詠唱祝詞，但這個古代文物是如何判斷有人民在場呢？若是為了吸取在場眾人內藏的魔力，『在大眾面前』這個條件就說得通了。換言之，就是魔力不足吧……？」

「喂，雪諾，緹莉絲那丫頭是不是想用這些艱深難懂的話來掩蓋小雞雞慶典啊？」

「你講太大聲了，根本聽得一清二楚！緹莉絲殿下全身都在發抖耶！」

面紅耳赤、雙肩發顫的緹莉絲回過頭來，一副現在才注意到我們的樣子。

「六號大人，你來了啊。我已經恭候多時了……」

紅通通的臉上雖然掛著一抹微笑，但除了肩膀之外，緹莉絲連聲音都有點顫抖。

「愛麗絲，剛剛那一幕錄下來了嗎？」

「已經存在腦內記憶體了。我可以把看到的東西全都錄影存證。」

「雖然不知道『錄影』是什麼意思，但聽得出來不是什麼好事，請兩位高抬貴手！」

貼心的侍女們紛紛離開現場，緹莉絲瞄了她們一眼後，對我們苦苦哀求道。

「說到底，妳幹嘛把那麼蠢的祝詞喊出來啊？如果是為了這個國家的缺水問題，我不是有給妳一個方便的方法嗎？」

沒錯，抓到前魔王軍幹部水之羅素後，這個國家的儲水設施應該能定期補充才對……

「因為民間對這件事紛紛表示擔憂……這麼柔弱的少女拚命擠出魔力製造大量水源的樣子，讓人看了於心不忍……」

呃，那傢伙是男的吧。

被虎男強迫換上女裝的弊病居然會在這一刻顯現出來啊。

『喂，愛麗絲，那個裝置的密碼沒辦法重新登錄嗎？』

『再初始化一次應該可以。但維持原狀比較好玩吧？』

不愧是邪惡組織的仿生機器人，維持原狀確實比較好。

看到我們忽然說起日語，緹莉絲雖然疑惑，卻還是重振精神開口：

「先別管缺水問題了……今天把你們叫過來不為別的，其實這個城鎮陸續接獲了目擊可疑人士的情報……」

——據緹莉絲所說，入夜之後，葛瑞斯街上就會出現一個人，身上穿著跟我們戰鬥服類似的盔甲。街上有人發生爭執時還會插手干預，把狀況搞得更複雜。

縱然他以往的惡行還能讓人一笑置之，對他睜隻眼閉隻眼，最近卻發生越來越多無法忽視的狀況。

比如攻擊半獸人農場，想要擅自放出半獸人。

揭發某間串燒店在串燒使用的肉品來源，導致該店營業額重挫。

若把其他惡行也一一列舉會沒完沒了，但光聽內容就能感覺到，全都是比以往還要嚴重的問題。

「那是我們的戰鬥員吧。那群傢伙趁我不在的時候幹了什麼好事？」

「抱歉，公主，我會好好罵他們一頓。」

我們當場就認定是如月戰鬥員做的勾當，緹莉絲卻搖搖頭。

「不，起初我也懷疑是不是六號先生的同夥……但有目擊情報指出，那個人穿的鎧甲是白色而非黑色，我才像這樣找你們再次確認……」

聽到緹莉絲這句話，我跟愛麗絲看著彼此點點頭——

「——我們之中有叛徒！」

回到基地後，我們把所有人叫出來大聲宣布。

如月戰鬥員不准穿黑色以外的戰鬥服。

但白色並不是特別被禁止的顏色。

愛麗絲的洋裝是白色，怪人蜘蛛女也愛穿絲質服裝。

「把我們叫出來沒頭沒尾地說什麼啊！你之前被唯一的女英雄搭訕的時候，不也開開心心地跟著走了！」

「夢話留到夢裡再說吧。去森林調查一個晚上就逃回來的孬種！」

「在場的全都是如月建立初期就做到現在的資深老兵，哪會事到如今才叛變啊！」

「再說，我們可是邪惡組織的戰鬥員，叛變又怎樣！」

這些傢伙說話的語氣讓我很想一個個抓出來狂扁一頓，但我靜下心繼續說：

「聽說有人穿著白色戰鬥服在葛瑞斯街上幹壞事。」

聽到我說的這句話，原本吵嚷不已的戰鬥員頓時鴉雀無聲。

戰鬥員統一為黑色。

這是古今中外邪惡組織的鐵則。

黑色是邪惡的代表色，也是我們這些路人戰鬥員殘留的唯一象徵和裝扮要點。

「我不是說叛變不好，但對於不能彰顯個性的戰鬥員來說，黑色是很重要的顏色吧？莉莉絲大人之前說黑色跟她撞名，要我們更改戰鬥服顏色時，我們還群起抵抗，難道你們都忘了嗎！」

沒錯，之前莉莉絲說「說到黑色就是黑之莉莉絲的顏色吧。你們能不能把衣服改成桃紅色？」，我們都拿著武器站起來了。

我們還嗆她：「邪惡組織的戰鬥員怎麼可能穿桃紅色這種顯眼色，什麼狗屁黑之莉莉絲啊，妳的本名明明是安田！」

「這麼說來確實有這麼一回事……當時六號說『既然這麼討厭撞名，與其更改戰鬥服設計，莉莉絲大人改個名字比較省事吧』，大家就改叫她安田大人了……」

「結果她哭著求我們，唯獨跟英雄對戰的時候不要叫她安田。」

說著說著，同僚紛紛露出懷念的神情。但對我們來說，黑色可是跟任性安田抗爭成功奪回的重要顏色。

再說，那丫頭一天到晚穿白袍，怎麼會自稱黑之莉莉絲啊？

看了這些戰鬥員的反應，愛麗絲低吟了一聲。

「喂，六號，應該不是他們。」

「……可是，緹莉絲說那個人的鎧甲跟我們的戰鬥服很像耶？這樣的話……」

我看了這些戰鬥員一眼，便前往某位部下身邊——

2

當天晚上。

我推著輪椅走在葛瑞斯的鬧區裡。

「……隊長，你好壞呀。居然假借任務的名義跟我約會……」

坐在輪椅上被我推著走的格琳面帶微笑，說了些莫名其妙的話。

為了抓住那個可疑人物，我帶著格琳出來巡邏……

「妳從剛才就在胡說什麼？我不是說要在夜晚的街道上巡邏嗎？」

「好好好，我都明白。男人這種生物就愛耍帥，邀女孩子約會也需要理由……我說得沒錯吧？」

格琳滿心雀躍地說完又輕笑幾聲，但我完全聽不懂她在笑什麼。

之所以帶這傢伙出來巡邏，是因為她的能力在夜晚比較強。而且魔族的基本生活品質也逐漸上軌道，配給工作結束後，她就變成沒用的飯桶了。我希望她領多少錢就要做多少事。

其他戰鬥員都在各自行動。有人忙著驅逐基地周邊的魔物，有人再次前往托利斯偵查。

杜瑟要負責大量的行政事務，還要統領魔族。

令人意外的是，雖然雪諾擅自冠上代理領主之名在基地小鎮作威作福，但她卻能和葛瑞斯鎮上的商人討價還價，用便宜的價格批到物資，也算是有點貢獻。

愛麗絲則在蘿絲的護衛之下，繼續調查沉在湖底的巨大機械——

換句話說，如今在基地無事可做的飯桶就只剩下這傢伙了。

「對了，我們要去哪裡巡邏呢？要不要去燈光美氣氛佳的酒吧？前面雖然有個人煙稀少的公園，但現階段還不行，要先透過簡單的閒聊提升彼此的興致才行。等到酒酣耳熱後，才能去公園讓紅通通的臉冷卻一下。女孩子就是需要隨行的理由。」

這個飯桶到底在說什麼鬼話？

「目的地早就決定好了。就是那個轉角後面的貧民窟。」

聞言，格琳不知為何露出苦笑，彷彿拿我沒轍似的。

「那裡有一大堆凶神惡煞的小哥，帶著好女人過去一定會被找碴……真受不了你，我們的交情也算長了吧？我記得這叫『吊橋效應』？就算不用刻意展現，我也知道隊長有多可靠呀。」

格琳說的話越來越莫名其妙，還對我送了個秋波——

「——隊長，吶，隊長。我可以問一下嗎？」

來到貧民窟後，我們在散步的同時，開始搜查那個可疑人物。

坐在輪椅上被我推著走的格琳一臉嚴肅地問。

「什麼事？」

我一邊回答表情嚴肅的格琳，一邊嚇唬偷看我們的貧民窟小混混……

「……現在真的是在工作嗎？」

「……？我一開始不就說了嗎？最近這附近出現了可疑人物。」

我馬上點頭稱是，結果格琳忽然發飆。

「啥啊啊啊啊啊啊！開什麼玩笑啊，先讓我萬分期待，結果這是怎樣！為什麼只約我出來，又為什麼選在晚上啊！」

「因為只有妳沒在認真工作，才只帶妳一個人過來啊。至於為什麼選在晚上，因為妳到了晚上才能發揮實力嘛。」

「我不想聽這種正經的理由！喂，我說你，有個好女人倒在這裡，還不快來找碴！」

最後格琳開始對路過的行人找麻煩。看似小混混的那群男人紛紛別開視線，不想跟她扯上關係。

「我先把話說在前頭，這一帶的小混混不敢招惹我們。我事前已經以邪惡組織成員的身分警告過他們了。」

「搞什麼啊，隊長的行為更像小混混！……等一下，最近就算一個人去酒吧，其他人好像也不敢跟我對上視線，難道……」

「應該被當成我們的同夥了吧。」

「啊啊啊啊啊啊啊！不要啊啊啊啊啊啊啊啊啊！」

嚎啕大哭的格琳試圖逃離現場，卻被我立刻逮住。

「妳已經跟如月脫不了關係了！我警告妳，妳已經插翅難飛了。如月雖然來者不拒，對叛逃者可不會手下留情！」

「什麼啊，根本沒聽說過這件事！邂逅的機會本來就不多了，我不想被大家在背後指指點點啦！」

妳這個邪神崇拜者早就被指指點點很久了好嗎？

「喂，妳鬧夠了沒，快跟上！都已經付錢給妳了，妳就要好好用身體償還！」

「能不能換個說法啊！有種待會兒就要被迫下海的感覺！」

我的意思是領多少薪水就做多少事，妳卻說得很嚴重耶。

——正當我想把在輪椅上拚命掙扎的格琳硬往前推時……

「到此為止！」

一道強而有力、跟不健康的貧民窟格格不入的嗓音響徹四方。

我循聲望去，發現有個纖瘦的黑髮美人站在搖搖欲墜的鐵皮屋屋頂上。

那個身穿白色鎧甲的女人直瞪著這裡看，可見剛才那聲制止是衝著我們來的。

她直盯著嚎啕大哭的格琳，自顧自地大發雷霆，指著我們說——

「我是『救濟的鈍色』亞德海特．古莉潔兒！我的職責是徹查全國上下，調停案件，決定該置之不管還是介入管理！但我現在有任務在身，應該裝作沒看到才對……」

這位美女生了一對鳳眼，乍看之下有種冰山美人的冷豔氣質，怒火中燒的銀眸和巨大嗓門卻讓這般美女形象消失無蹤。

自稱亞德海特的這個女人——

「居然想強行擄走乘坐輪椅的弱小女性，簡直是卑劣至極的惡棍！若饒恕你的罪行，將有損我以掌管世界維生的名譽……！馬上放過那位女——」

在我用盡全力往鐵皮屋一踢後，就跟著倒塌的小屋一起摔了下來——

3

趁這個怪女人摔下屋頂痛得滿地打滾時，我牢牢捆住她。

「這女的是怎樣啊……」

「雖然妳想解救我，但還真是遺憾。如果妳是男人，我就會不小心背叛隊長了。」

我沒理會胡言亂語的格琳，開始觀察這個雙手被綁、躺臥在地的女人。

我仔細察看她那件白色鎧甲的設計，與其說是鎧甲，更像我們的戰鬥服。

「唔，我居然落得如此下場……！但在正義之名下，我絕不能向惡棍低頭！」

忽然出現的怪女人這麼說完，用力扭動被牢牢捆住的身體。

我隱約從這個女人身上嗅到不能輕易接觸的地雷氣息。

「隊長，你怎麼了？……哈哈～對方是女人，所以你在動歪腦筋吧。不行喔，怎麼能在約會途中對其他女人拋媚眼呢……」

「我說過這是任務不是約會了吧？這傢伙可能就是這次任務要抓的可疑人物。」

這個正宗地雷女都老大不小了，還好意思鼓臉頰。我把她丟在一邊，在可疑人物面前蹲下。

「……好，妳說妳叫什麼名字？我有點事要問妳。」

「我是『救濟的鈍色』亞德海特．古莉潔兒！熟人都叫我亞德莉！不管惡棍如何逼問，我都不會回答！」

……天啊，這個女人身上果然散發出讓人避之唯恐不及的氣息。

拷問美女這種事本來是求之不得的超棒福利。不僅能狂賺惡行點數，拷問過程中來點性騷擾也屬合法範圍……

我壓抑心中的無數糾結，單刀直入地問：

「喂，亞德莉……妳聽過英雄嗎？」

沒錯，這傢伙身上的氣息就跟我們在地球上激烈交戰的英雄一模一樣。

「……英雄是誰啊？……啊！我不會回答惡棍任何問題！而且只有熟人才能叫我亞德

莉，你不准用那個暱稱叫我！」

看她回答時不假思索的模樣，難道真的跟地球的英雄無關嗎？

這種熱血沸騰又不聽人話的感覺，我還以為她是英雄的同夥呢……

「喂，亞德海特小姐，妳剛才說了『正義』對吧？也就是說，妳是正義的夥伴嗎？」

「沒錯，我就是正義的夥伴……對了，我不喜歡亞德海特這個稱呼，一點也不可愛。你還是叫我亞德莉吧。」

倒臥在地的亞德莉老實回答。這傢伙真的是四處搗亂的可疑人物嗎？我越來越沒自信了。

「我的名字是戰鬥員六號，這傢伙叫格琳。這個鎮上出現一個可疑人物，搞得大家不得安寧。為了抓住他，我們現在才會來這裡巡邏……」

「……你認識那位坐輪椅的女性嗎？」

聽到她的提問，我跟格琳才把剛才爭執的前因後果告訴她。

聞言，亞德莉才鬆了口氣。

「太好了，原來不是被惡棍強擄的弱女子。六號先生，對不起，你是努力維持鎮上治安的正義之士，我卻罵你是惡棍。其實我聽說有幾個身穿黑色鎧甲的男人一天到晚在這個鎮上行惡，所以才會錯意。」

我知道那些幹壞事的男人是誰，但還是先閉嘴吧。

這時，還躺在地上的亞德莉忽然瞪大眼睛說：

「但這或許也是某種緣分！在下亞德莉願意幫忙逮捕可疑人物！」

「妳就是那個可疑人物啊。」

「吶，隊長，聽我這個澤納利斯大司教一句勸，最好別跟這個人扯上關係。」

聽到我說她是可疑人物，亞德莉扭動身子拚命抗議。

「正義之士，你怎麼會說我是可疑人物呢？既然你會在鎮上巡邏維護治安，我反而算是你的同業吧！」

「什麼同業啊。維護本國治安是警察跟我們戰鬥員的工作，妳有得到許可嗎？」

「正義的夥伴就是要私自行使正義，當然不需要經過同意！」

「吶，隊長，現在還來得及，還是別跟這個人扯上關係比較好。」

可以的話，我也想把她丟著不管，不過還是得確認一下。

「我說妳啊，最近有沒有襲擊國營農場？」

「我確實攻擊了把半獸人當農奴使喚的邪惡農場，但我不知道你在說什麼。」

不行，還不能斷定就是這傢伙。

「某間串燒店因為用於串燒的合法肉品來源被揭發，導致營業額重挫而傷透腦筋。妳對這件事有頭緒嗎？」

「我確實告發了某個邪惡攤販，竟然在販賣連我都說不出口的可怕肉品，但我不知道你在說什麼。」

不、不行，還不能斷定就是這傢伙……

「吶，亞德莉小姐，可以把妳做的其他善行告訴我嗎？」

「我想想喔。有座邪惡的蓄水池居然逼迫楚楚可憐的小女僕不停製造水源，我就把這件事告訴民眾，進行示威抗議。」

「妳果然就是那個可疑人物！」

我忍不住開口吐嘈，並把這個被五花大綁的女人扛在肩上。

「等、等一下，我只是在行使正義啊！你接下來要怎麼處置我？」

那當然是……

「不、不行啦，隊長，你打算假借訊問名義對她上下其手吧！就像抓到魔王軍幹部海涅的時候那樣！」

不對，我只想把她交給衛兵而已。

「妳、妳說什麼！住手吧，正義之士，這可是邪惡之舉啊！但我也被夥伴們冠上『不開口就是美女』的美稱，確實能理解你想非禮我的心情……」

「這女人幹嘛忽然出現啊！要不是我很沉重，又是澤納利斯教徒，隊長也跟我說過『不必負責的話我也想非禮妳』這種話耶！」

我的第六感果然很準。

雖然地雷女增加到兩個人，還是趕快把其中一個處理掉吧。

「正義之士，你想把我帶去哪裡！雖然我覺得跟日夜忙著維護治安的你應該很合得來，可是我們才剛認識沒多久……」

「該不會是偷情旅館吧！吶，隊長，約會途中跟別的女人做這種事真的太差勁了！別選這種鄉巴佬，我跟你認識比較久耶，選我啦！」

不能只處理其中一個，還是把兩個人都幹掉吧。

「我要去警察局。」

聽到我說的這句話，亞德莉頓時僵住不動。

「……我還是確認一下，為什麼要去那種地方？」

「我要把妳交給警方處理啊。」

聞言，亞德莉就在我肩膀上拚命掙扎。

「正義之士，不能扯到警察啦！等一下，拜託跟我談一談！」

「少囉嗦！妳渾身上下都寫著『麻煩』兩個字！」

本來對我們邪惡組織來說，麻煩反而是求之不得的好事。

理直氣壯地捲入麻煩，處處刁難逼迫對方屈服。

從中勒索保護費或慰問金是我們的謀生手段之一。

可是這傢伙……

「吶，隊長，你今天怎麼這麼安分？我以為你一定會假借訊問名義，對這個可疑人物性騷擾或找麻煩呢。」

格琳偷偷在我耳邊低語，完全不顧亞德莉還在我肩上抵抗。

「我也有選擇對象的權利吧。該說這個女人不是我的菜嗎……」

不，不對。

「我生理上無法接受這種人。」

「我都聽見了，正義之士，沒想到你這麼沒禮貌！」

4

把怪女人交給警方後的隔天。

「你看起來很累呢，六號先生。昨晚應該忙壞了吧？」

「真的累死我了。那個怪女人擅自把我當成正義夥伴，在警局裡哭天喊地鬧個不停。工作結束準備回家時，又換格琳開始鬧，結果被迫陪她在酒吧喝到天亮。」

依舊在杜瑟辦公室耍廢的我一邊忍著呵欠，一邊抱怨昨晚的事。

「你逮到的那個可疑人物到底是誰呢？」

「我也不知道。特徵上來說跟英雄滿相似的……」

我實在不想跟她扯上關係，便全權交由警方處置。但那傢伙到底是打哪來的？

「在如月的受訓課程中姑且有學到英雄一詞，但這些『英雄』到底是什麼樣的人？」

杜瑟停下手邊的工作向我提問。英雄啊……

那些人覺得自己才是正義，對此深信不疑，根本不聽對方的意見，老是大聲嚷嚷。

雖然他們平常就四處宣揚自己愛好和平，但我還真沒見過會在戰鬥前試圖以和平談話解決的英雄。

很多英雄都是熱血行動派，秉持「正義必勝」這種落伍的精神理論，動不動就大吼大叫，真的有夠煩人。

……其實我原本的夢想不是邪惡組織戰鬥員，而是想當英雄。

可是在我還以菜鳥戰鬥員身分打工的時候，曾被某戰隊的粉紅戰士姊姊挖角，上過英雄的受訓課程。

當時每週日都會在遊樂園上演英雄秀，用「英雄才是絕對正義」這種理念洗腦小孩。之後再用「感謝各位小英雄的支持！」展現喜歡小孩的特點，還會販售號稱「有了這個你也能變成英雄！」的盜版英雄商品，用從小孩身上榨取的金錢作為活動資金。

這些現實固然令我失望，但壓垮駱駝的最後一根稻草，是挖角我的那個粉紅戰士姊姊完全沒給我半點福利。

沒錯，孩子們憧憬的英雄似乎禁止一切色情。

我盯著善於傾聽、總是溫和待人的和平主義者杜瑟說：

「一言以蔽之，就是跟性感的小瑟完全相反的人。」

「性、性感！我有這麼性感嗎！」

雖然在辦公室穿著魔王服，但變身為怪人毒蛇女的杜瑟還滿性感的。

「小瑟，除了外表之外，妳連骨子裡都很淫蕩啊。前陣子還動不動就說要用身體報答我們。」

「請、請你忘了那些事吧！……是說我連外表都很淫蕩嗎？……不對，既然身在邪惡組織，我反而要立志成為性感幹部……」

當我正欣賞著神情嚴肅、唸唸有詞的杜瑟時，辦公室的門忽然打開了。

只見驚慌失措的海涅走進室內。

「我決定了！今天我要拿出勇氣，不穿內褲了！」

「確實勇氣可嘉，但內褲還是穿著比較好喔，小瑟。」

「……杜瑟大人，您變成怪人之後到底是怎麼了？難道您故意要為難我嗎？」

每次都像算準時機登場的海涅開始潸然淚下。

「小瑟每天都在進化呢。妳的淫蕩屬性可能一不留神就會被搶走嘍。」

「我的屬性是火啦！杜瑟大人，跟這個男人走太近會變笨的！您應該禁止他進出這個辦公室！」

雖然海涅一進來就口無遮攔地說個不停，但她到底是來幹嘛的？

「有六號先生在，我也能在工作空檔稍作喘息，禁止他進出實在不妥……對了，海涅，妳好像很慌張的樣子，怎麼了嗎？」

「對、對喔！其實羅素他……！」

——在海涅帶領下，我們來到葛瑞斯鎮上的蓄水池。

身穿女僕裝的羅素被一個奇怪的女人纏上了。

「就、就說我是自願在這裡工作的！妳要幹嘛，給我滾一邊去啦！」

「不行，妳上當了！我的責任是宣揚正義，看到小孩被壓榨怎麼能坐視不管呢！好了，跟我走吧，大姊姊會帶妳去好地方！」

說完這些話就想把不情願的羅素帶走的人，就是昨天被我逮到的那個怪女人亞德莉。

「怎麼回事……」

見狀，杜瑟神情困惑地呢喃。這時我跟海涅對彼此點了頭，毫不猶豫地撲過去！

「看招！該死的女變態，誘拐未成年的現行犯！」

「妳這淫蕩女想對羅素做什麼！」

「啥啊啊啊啊啊啊啊！怎、怎麼了！……啊啊，你是昨晚那個人！」

馬上被我壓制住的亞德莉一看到我就怒斥：

「居然把我這個正義使者說成女變態，我可不能置若罔聞！我可是『救濟的鈍……』

「罪狀是企圖對未成年男孩性騷擾的誘拐行徑。真是無藥可救的女變態，好死不死還是兒童性犯罪！」

沒等亞德莉說完，我就開始陳述她的罪狀。

為了這種時刻，致力於維護治安的戰鬥員擁有逮捕權。

雖然我們偶爾也會犯罪，但幾乎都是小奸小惡，因此經常被寬恕。

「等等、等一下！我哪有騷擾啊……！呃，等等，未成年男孩？你在說什麼啊？」

確認我已經確實逮住亞德莉後，海涅將羅素緊擁入懷。

「羅素，你沒事吧？聽說有個怪女人在騷擾你，我就馬上趕過來了……」

「謝謝妳救了我，海涅。畢竟我還在這個國家的列管名單上，被騷擾也無法反擊。」

海涅和羅素原本是魔王軍幹部，目前仍非自由之身。

既然對手是企圖騷擾少年的變態，要是對葛瑞斯王國居民發動攻擊，那可就糟了。

就把她……

「看對方無法抵抗，就想染指未經人事的少年，簡直罪大惡極。上警局再好好解釋吧！」

「等一下，我真的無意騷擾……！而且你從剛才就在胡說八道什麼？這麼可愛的孩子怎麼會是男孩呢！」

「妳才在胡說八道吧。世上哪有這麼可愛的女孩子啊！」

「！？！」

精神錯亂的亞德莉對羅素拋出求救的眼神。

「他說的沒錯。別看我這樣，我其實是男孩子。先把話說在前頭，這身打扮並非我的本意。」

「完全聽不懂！如果不是自願穿成這樣，那是怎樣啊！」

看到亞德莉越來越混亂，海涅火冒三丈地吼道：

「羅素的打扮不是重點啦！妳企圖把被迫換上女裝的男孩帶去好地方，這才是現在最大的問題！」

「注意妳的口氣！如果只聽這些話，好像我才是該死的罪犯一樣！」

「我剛才不就說妳是該死的罪犯了嗎？好了，不許抵抗！喂，海涅，壓住那邊！」

「唔，這傢伙明明是人類，力氣卻滿大的……！」

「啊啊啊啊啊啊啊啊啊！我是正義使者！是侍奉法律與秩序之神的使徒，為什麼天天被抓啊！」

亞德莉哭天喊地拚命抵抗。聞言，我突然停下手邊動作。

「雖然妳昨天也一直在嚷嚷正義，但今天說的話特別奇怪。妳說妳是侍奉神的使徒？」

「對、對啊，我是使徒！為了救濟荒蕪大地和即將滅絕的人類，上天才派我這個法律與秩序的管理員過來！」

說完，亞德莉露出洋洋得意的表情，海涅卻狠狠賞了她一巴掌。

「什麼法律與秩序的管理員啊，還正義使者呢？別開玩笑了！我最討厭這種偽善的傢伙！」

「好大的膽子，竟敢打正義使者，妳這淫蕩女！還打扮成這種不入流魔王女幹部的樣子，妳不覺得丟臉嗎！」

「妳……！妳我素未謀面，不准連妳都罵我淫蕩！而且我本來就是真正的魔王軍幹部！別用有色眼光看我，小心我揍飛妳！」

魔字輩的人應該都把神或正義視為宿敵吧。只見海涅齜牙咧嘴地恫嚇。

就在此時。

亞德莉呼了一口氣，就把纏在身上的繩索切斷了。

……不會吧，那可是混入鋼絲的繩索啊！

「什麼！」

就在重獲自由的亞德莉準備毆打驚慌失措的海涅之際——

杜瑟擋在雙手掩面、兩眼緊閉的海涅面前，接下了這一拳。

「杜瑟大人！」

海涅為杜瑟保護自己一事道謝，但亞德莉沒把她放在眼裡，惡狠狠地瞪著杜瑟。

「……閃一邊去。魔王軍幹部本來就該以正義之名徹底殲滅！」

「……雖然不知道妳對魔王軍有什麼深仇大恨，但她被處以隸屬刑，如今也在贖罪。能不能請妳放她一馬？」

面對亞德莉的氣勢，杜瑟縱然有些屈居下風，說話時卻沒有別開視線。

兩人正在對峙時，海涅和羅素也擺出架式支援杜瑟。

我繞到亞德莉身後，採取隨時都能壓制住她的動作……

「我對她沒什麼深仇大恨，但魔王軍就該消滅！這是神定下的劇本！……等等，為什麼魔王軍幹部能倖免於難？勇者在搞什麼啊。四名幹部被打敗後，魔王城結界崩毀，不久後魔王也被剿滅，人類世界回歸和平……這才是神為這個國家做出的預言啊。」

我完全聽不懂亞德莉在說什麼。經她這麼一說，事到如今我才想起還有勇者這號人物。

話說這傢伙以為勇者已經遵照預言剿滅魔王了吧。

滿口正義囉嗦死了，難道她是勇者的粉絲？

「勇者老早就失蹤了，我們是敗在妳後面那個男人手下。我也聽過勇者的傳說，但很遺憾，那種可疑寓言的結局走偏了。活該！」

海涅像小孩一樣在杜瑟後面瘋狂挑釁。聽到她說的話，亞德莉的表情染上一絲困惑。

亞德莉轉頭看向逐漸逼近的我說：

「喂，六號，她說的是事實嗎？打敗魔王軍的人不是勇者，是你？」

「千真萬確。雖然剿滅魔王軍的人不是我，是上司才對。」

當時莉莉絲覺得「管他什麼經典套路統統給我去死」，發動爆炸攻擊，讓魔王軍全線崩潰，前魔王也一命嗚呼。

之後魔王軍併入如月旗下，就走到現在這一步了……

「雖然消滅魔王軍此舉正當，我很想好好稱讚你一番，但這下麻煩大了。這樣會越來越偏離神諭……」

「妳從剛才就把預言跟神諭掛在嘴邊，到底是怎樣啊？昨天跟今天都一直在添亂，想玩英雄或勇者遊戲就去別的地方玩。」

這時，海涅忽然對陷入苦惱的亞德莉伸出一隻手。

「攻擊別人後還發什麼牢騷啊。是妳先動手的，至少該料想到對方會反擊吧！」

明明剛才都一直躲在杜瑟身後，居然能在對方露出破綻的瞬間發動攻擊，真不愧是前魔王軍幹部，卑鄙程度讓我甘拜下風。

但亞德莉卻紋風不動。她從容一笑，用手擋下了海涅放出的火球。

「我早就猜到你們的實力了。不管再怎麼努力，你們這些魔族……好燙！」

亞德莉用來遮擋的手被火焰團團包圍，燙得她哀哀叫。

她用手掌拍打地面，好不容易撲滅火勢後，淚眼汪汪地露出得意的神情。

「……我早就猜到你們的實力了。不管再怎麼努力，你們這些魔族身上的魔導石都無法傷我分毫。」

「喂，海涅，這次使盡全力攻擊她吧。」

「包在我身上。讓你們瞧瞧我的真本事。」

看到海涅的氣勢被我這句話熊熊點燃，亞德莉連忙後退。

「等、等一下！太奇怪了吧，這哪是魔族能放出的火力啊！預言居然失準了，這個世界到底發生了什麼事……！」

她剛才雖然說魔族身上的魔導石無法傷她分毫，但我記得海涅身上的魔導石是從龍身上搶來的。

這時，杜瑟緩緩走向正在唸唸有詞的亞德莉，拿起她被燙傷的那隻手。

「以時間女神之名，命汝傷勢復原！」

「幹、幹嘛！要打架嗎！好啊，要是我認真起來——」

亞德莉本想頂撞杜瑟，結果她的燙傷如時光倒流般逐漸康復。

亞德莉驚訝得說不出話來，然而杜瑟沒理她，轉而看向羅素說：

「羅素，請你用水魔法替這位小姐冰敷燙傷的部位好嗎？」

「杜瑟，妳要善良到什麼程度啊……」

羅素聽從杜瑟的要求，開始為亞德莉的傷口冰敷。亞德莉一臉驚愕地看著他。

隨後，海涅有些尷尬地搔了搔臉頰。

「雖然不知道妳是何許人也，但看得出妳很仇視我們這些魔族。不過這些孩子正在償還過去身為魔王軍幹部的罪孽，現階段能不能請妳先觀察一陣子呢？」

聽到杜瑟這番真摯的言論，亞德莉也跟海涅一樣尷尬地搔了搔臉頰。

「……看來是我太貿然行事了。但我既然是正義使者，看到魔王軍幹部殘存於世自然不能放過。所以……向我證明你們不是壞人吧。喏，知道這個水晶球是什麼嗎？」

說完，亞德莉拿出一個乍看平凡無奇的水晶球。

但我一看到水晶球就心裡有數了。

我看了海涅跟羅素一眼，他們也立刻臉色大變。

這兩人的反應讓我確定自己猜得沒錯。

「這叫業力測定水晶球，可以測出人的靈魂色彩。靈魂清澈、本質善良的人就會發出白光；靈魂汙穢的邪惡之徒就會被染成黑色。比如我來測的話……」

說完，亞德莉捧著水晶球閉上雙眼，水晶球立刻綻放出白色光芒。

「……呼。喏，就像這樣。不用乾淨到這種程度也行，向我證明你們不是壞人吧！」

亞德莉洋洋得意地遞出水晶球，但我們絕對不能收下這個玩意兒。

奇幻世界裡一定會有這種用魔法之力查出前科的道具。

這一定就是異世界動畫裡超常見的那種東西。

（喂，這下不妙。先不論廉潔又正直的我，你們兩個來拿一定會變成黑色吧。）

（我我、我哪有你這麼邪惡啊！真要說的話，羅素總把敵人玩弄於手掌心，還會居高臨下敲詐一筆……）

（等、等一下，海涅，那只是我作為幹部的人設而已……！海涅才是到處找碴的武鬥派吧，妳的結果一定更糟！）

看到我們竊竊私語的模樣，亞德莉的眼神透露出一絲懷疑。

羅素瞥了她一眼，微微勾起嘴角。

（說穿了，我們可是被這個國家的公主正式赦免了喔。什麼前魔王軍幹部跟邪惡之徒，哪有被人這樣說三道四的道理？喂，那個大姊有這麼強嗎？我們人數比較多，乾脆……）

說完，羅素輕輕冷笑一聲。我和海涅連忙往後退。

（海涅妳看，這才是邪惡之徒。年紀輕輕的，居然有這麼恐怖的鬼點子。）

（羅、羅素，你竟……）

（不、不是……！是她有錯在先吧！我只是在工作而已耶！她不但想把我帶走，還對我們發動攻擊！如果參照這個國家的法律，她一定會被逮捕吧！）

正當我們被羅素的邪惡嚇得不知所措時——

「我是這三個人的上司，能不能讓我代表所有人完成這個要求呢？」

說完，杜瑟就收下了亞德莉遞出的水晶球。

然而……

「那怎麼行。我身為正義使者，寧可錯殺也不能放……」

「這些人侍奉我很久了，我也有義務守護他們。那麼……」

亞德莉雖面有難色，杜瑟卻沒讓她把話說完，逕自打斷談話。

「吾名杜瑟。是末代魔王及祕密結社如月的幹部，魔王杜瑟。對正義陣營的人來說，我的首級應該是至高無上的功績吧？」

杜瑟說得斬釘截鐵。此刻她不是我的上司怪人毒蛇女，渾身上下散發出前魔王的威嚴。

「魔、魔王！如果妳真的是魔王，確實只要測試妳就綽綽有餘……咦？」

亞德莉被杜瑟的氣勢嚇得連連後退，卻還是站穩腳步決定看到最後一刻。結果她的表情僵住了。

「……小瑟、小瑟，水晶球變得超亮耶。」

「豈止是亮啊，怎麼看都比那個大姊測的時候還要潔白閃耀。」

「不愧是杜瑟大人！居然比自稱正義使者的人還要亮，這下子根本搞不懂誰才是壞人了！」

杜瑟捧在手中的水晶球此時也持續綻放出耀眼奪目的純白光芒。

亞德莉愣在原地，瞪著水晶球動彈不得。

「請、請問……這種狀況該怎麼算……」

可能連杜瑟自己也沒料想到吧，她面帶困惑地開口詢問後，亞德莉才猛然回神。

「就就就就、就是說啊！哎呀，如果只是微微亮的程度，我原本也沒打算放過妳，結果亮度居然跟我差不多？好像也不是不能不認同妳是正義之士……」

見亞德莉還不死心，兩位前魔王軍幹部故意用清晰可聞的音量竊竊私語。

（喂，海涅，那個大姊居然說這種話耶。要不要再讓她捧一次水晶球試試看？看她這樣不乾不脆的態度，搞不好亮度會比剛剛還暗喔。）

（吶，羅素。這代表她的靈魂比魔王陛下還要汙穢嗎？這樣還能自稱是正義使者嗎？）

聞言，亞德莉汗流浹背地指著杜瑟說：

「真有妳的！好吧，今天我就放妳一馬！但下次見面時，我一定要揭發你們的真面目！到時候給我走著──」

亞德莉正準備撂下狠話時，忽然有人拍拍她的肩膀。

「啊，這位大姊方便說話嗎？妳昨天被關在我們拘留所裡吧？今天早上才說『再也不會引發騷動』，現在又是在做什麼？」

拍亞德莉肩膀的人是一位正在巡邏的女警。她常跟格琳發生爭執，所以我見過她幾次。

臉色鐵青愣在原地的亞德莉此刻更是汗如雨下。

「妳妳妳妳、妳誤會了，這是取締邪惡的正義之舉……」

「那是我們警察的工作。還有這座蓄水池是國家的重要設施，請問妳在這裡做什麼？」

被警察盤問的正義使者向我們投來求救的視線。

女警也循著她的視線往我們這裡看。

「她說我不能待在這個地方，想把我強行擄走。」

「我本想阻止她，卻差點因為原本是魔王軍幹部這個理由被她殺害……」

「您值勤辛苦了。這個可疑人物就交給警方處理，請務必把她帶回局裡狠狠教訓。」

聽到我們三人的證詞，女警就將亞德莉上銬了。

「等等！等一下，我明明是正義使者！只是想打倒魔王軍幹部而已！」

「好好好，剩下的回局裡再說吧。妳這兩天連續搗亂，這次可能一時半刻出不去嘍。」

看著眼眶含淚的亞德莉被女警帶走時。

我也為自己曾懷疑她是英雄同夥一事感到萬分羞恥——

【中間報告】

我們在基地附近的湖泊探索時，發現了巨大機器人的殘骸。

愛麗絲說要把機器人撿回來，根本講不聽。她的系統裡真的有機器人三大法則嗎？

有時候會反抗我說的話，有時候還不把人命當一回事。

前陣子居然還叫要求我提供血液樣本，以防我死後可以製造複製人，實在有夠扯。

對了，我跟格琳晚上巡邏時遇到一個怪女人。

雖然還有另一個在巷弄裡四處徘徊，超愛被我性騷擾，成天胡說八道的怪女人，但那個女人跟她怪的程度不太一樣。

她的詭異程度完全不亞於各位幹部。若下次有哪位幹部來訪，我想介紹妳們認識一下。

但她開口閉口都是正義，真的很煩。我還在考慮是否該跟她深交。

關於那個怪女人的後續狀況，我會再行回報。

報告者　戰鬥員六號

第三章 鄰居是獵頭族

1

怪女人再度被捕後，又過了一週。

前往托利斯進行二次偵察的人回來了。

「上次的偵察任務被你們批得一無是處，所以這次我們用了很多惡行點數，用高精密望遠鏡蒐集到相當有用的情報。喏，先看看這份資料吧。」

我們被召集到會議室後，滿身瘡痍的同僚將一疊厚厚的資料放在我們眼前。

翻閱資料的同時，愛麗絲開口道：

「『能採集到豐富水精石的托利斯，或許是因為能盡情用水，有許多泳池和巨大澡堂等休閒設施。城中水路遍布，小船是主要的移動方式，因此居民喜歡穿著方便游泳的輕薄服裝，以防不慎落船發生事故。埋藏在托利斯地底下的大量水精石時不時會從地面噴出水花，居民經常被淋得一身濕……』……我要從第幾頁才能看到有用的情報？」

「這可是超有用的情報啊！托利斯平民都穿得很輕薄，還常常被淋得濕答答耶！」

愛麗絲對用力拍桌的戰鬥員疑惑地問：

「……所以你想說如果要在托利斯做生意，可以賣泳衣嗎？水分容易蒸發的衣服、塑膠傘、雨衣跟吹風機應該都會熱銷，但這算是有用的情報嗎？」

愛麗絲雖疑惑不解，但她沒抓到重點。

「原來如此。濕身性感的大姊姊會理所當然地在托利斯街上走來走去嗎！」

聽到我脫口而出的這句話，所有戰鬥員的眼神都變了。

「這些傢伙真的帶了有用的情報回來耶！喂，下次換我去偵察！」

「開什麼玩笑，我也想去托利斯偵察！」

「潛行任務交給我。等著瞧吧，我會做出精準無比的托利斯地圖！」

心思醜惡的同僚嘰嘰喳喳地吵個不停，最後居然扭打成一團。

我當然也加入了這場扭打混戰。

可能是看不下去了，這時愛麗絲說：

「只要占領托利斯，每天都能就近欣賞濕身性感的大姊姊。」

我這搭檔的高性能並非自吹自擂，似乎是真的。

「果然還是妳聰明，能不能用這份聰明才智擬定一下托利斯的攻占計畫？先把話說在前頭，不能犧牲我們這些戰鬥員喔。」

說完，我用力摸了摸她的頭。只見愛麗絲毫無抵抗地點了點頭，說：

「放心吧，我早就想好作戰計畫了。戰爭時期物資決定一切，我會用你們的基本資料量產複製人，再用這些複製人……」

「別老提這種違反人倫的作戰計畫好嗎！不准動用細菌、核武跟複製人！請妳珍惜生命！應該還有其他既輕鬆又能拿到好處的完美作戰吧！」

看到我們被這沒血沒淚的作戰計畫嚇得半死，愛麗絲聳了聳肩，道：

「真有這種好康，我們早就支配整個地球了。最快的捷徑就是老老實實地開發基地小鎮。來到這顆星球後，雖然短時間內就得到了領土，基地小鎮卻才剛完工沒多久。現在的首要條件是儲備戰力，把這裡當作安全的據點。」

先把誘人的提議端到我們面前，再指派無聊的工作內容。對此，包含我在內的戰鬥員頓時噓聲四起。

「知道了，那就先延緩小鎮開發工程，準備進攻托利斯吧。但你們要幫我轉告杜瑟，提升魔族基本生活品質這個約定要等到占領托利斯之後才能實現了。雖然有點抱歉，但請他們再咬牙撐一會兒……」

「拜託妳別再把杜瑟小姐拿出來擋槍了。好啦，我們開發就是了！」

「杜瑟小姐說要報答如月拯救魔族的恩情，每天都竭盡所能拚命工作耶！」

「她是我們當中最早起床卻工作到最晚的人吧。儘管如此，別說面色憔悴了，她每天都帶著開朗的表情認真工作。怎麼能對她說這麼殘忍的事……！」

這些傢伙也真是的，明明是邪惡組織的一分子，卻都這麼疼杜瑟。

我當然也狠不下心轉告這些話。

看到我們乖乖聽話，擅長操弄人心的仿生機器人大聲宣言道：

「那就延續目前的方針，繼續發展內政吧。另外，本次也毫無貢獻的偵察部隊再去一次托利斯吧。這次一定要帶回有用的情報……解散！」

「可惡，偵察任務很危險耶！好啦，下次一定會帶重量級情報回來！」

偵察部隊有點自暴自棄地衝出會議室。正當我們也準備跟著他們重回工作崗位時——

「對了對了，偵察部隊以外的戰鬥員待會兒來幫我一下。」

愛麗絲的口氣十分輕鬆，彷彿只是要我們去跑腿似的。

——戰鬥員們的慘叫聲在森林深處的巨大湖邊響徹四方。

「啊啊啊啊啊啊啊啊啊啊！又有新的魔物出現了！出現啦啊啊啊啊啊啊啊啊！」

「又有一大堆敵性生物追過來了！」

「好像有東西從地面長出來了，小心腳邊！」

「樹精型、半獸人型、哥布林型，還有新型魔獸！撐不下去了，撤退吧！」

跟著愛麗絲來到湖邊的戰鬥員正在跟森林深處源源不絕湧出的魔獸激烈交戰。

在離地獄戰場有些距離的地方——

「隊、隊長！數量未免也太多了！就算動員基地小鎮的所有人，也不可能吃得完啦！」

「白痴喔，我們不是來屯糧的耶！把死掉的魔獸扔一邊去！」

解決掉巨蛇魔獸波波蛇後，蘿絲說了這種毫無邏輯的蠢話。我對愛麗絲的所在地大聲喊道：

「愛麗絲，還沒連上嗎！這邊快要撐不住了！」

愛麗絲目前正在巨大湖的正中央，進行毀滅者和機甲殘骸的連結作業。

前幾天跟蘿絲一起來調查殘骸時，愛麗絲就說想把殘骸拉上來。

由於巨大湖位在森林深處，重型機械無法進入，於是她把還在充電的毀滅者拖了過來。

可是——

「太扯了，怎麼能扔掉呢！把打敗的對手吃個精光才是自然界的法則啊！」

「喂，別管那隻野生半獸人了！我不會讓妳把半獸人肉帶回基地喔！」

扛著野生半獸人又拖著波波蛇尾巴的蘿絲，忽然當場開始狂奔。

瞄準蘿絲飛來的某個東西，打中了她扛著的半獸人頭部……！

「隊長，是新的敵人！破頭族出現了！」

「呀啊啊啊，半獸人的頭都爛掉了！喂，妳快把牠扔掉啦啊啊啊！」

蘿絲背上的半獸人已經變得慘不忍睹，讓我忍不住驚聲尖叫。這時，四周忽然響起一道重低音引擎聲。

只要是如月關係者，聽到這個引擎聲就能燃起一絲希望。我沒回頭查看聲音來源，而是重新轉向斧頭飛來的方向。

「破頭族很有紳士風度，只要以禮相待，就不會攻擊我們！笑吧，笑給他們看！」

說完，我對樹叢露出一抹微笑。沒想到對方竟扔出手斧反擊。

「哪裡有風度啊，對方根本殺氣騰騰！話說回來，我偶爾會來森林找點吃的，但常常被破頭族攻擊，這些人太邪惡了！」

「因、因為我最近跟破頭族心有靈犀啊！那時候小瑟幫我翻譯精靈語，而且……」

我忽然想起一件事。

對了，我記得那些傢伙——！

「是波波蛇！蘿絲，把波波蛇留下來！這好像是他們的主食，只要不對波波蛇出手就不會被攻擊了！」

「就算是隊長的命令，我也打死不從！如月戰鬥員怎能容許別人搶走食物，你不覺得丟臉嗎！」

為什麼只會在這種時候展現出如月精神啊，妳才不是這種人咧！

我環視周遭想尋求支援，但我那些靠不住的同僚早在聽見毀滅者啟動的聲音後就開始撤退了。

蘿絲將大量魔獸遺骸護在身後以防被搶，並張開雙手對藏在樹叢裡的敵人大聲威嚇。

「嘎吼喔喔喔喔喔喔喔喔喔喔喔！」

我只覺得蘿絲的威嚇很像小孩在逞強，但似乎有某種讓對方提高警戒的感覺，對方完全無意從樹叢中跳出來。

……不對，樹叢裡傳來沙沙聲後，有個戴著面具的嬌小破頭族單手拿著斧頭現身了。那個面具像極了冰上曲棍球的頭盔。

擋在蘿絲面前的破頭族像原始人般穿著毛皮，裸露在外的手腳上有奇怪的圖騰刺青。

從深棕色長髮和體型來看，這名獨自現身的破頭族人應該是個少女。

「破頭族小姐，妳終於出來了！為什麼每次都要搶我的獵物啊！」

「大概是因為妳每次都闖進別人的地盤吧。」

是說聽蘿絲的口氣，好像跟這個嬌小破頭族人見過幾次。

「只要我進森林打獵，她幾乎都會出現。我跟她的戰績目前是五比五，但我今天絕對不會輸！」

「……妳跟這個破頭族小妹的關係聽起來很像勁敵，但妳怎麼會在我不知道的地方建立奇妙的人際關係啊？」

雖然看不到對方的臉，但我猜她的年紀應該跟蘿絲相仿。

……少女不知在打什麼主意，只見她把手斧放在地上，對蘿絲動動食指企圖挑釁。

就算語言不通也能看出她的意圖，她在煽動蘿絲放馬過來。

蘿絲也放下背上的半獸人，握緊雙拳擺出架式。

「雖然不太明白，但今天隊長也在，我贏定了！」

「咦咦……？二打一耶，這樣真的好嗎……？」

「──？──！」

少女似乎明白蘿絲的話中含意，用不成聲的嗓音喊出類似抗議的話。

但一看到我也擺出架式，少女卻嚇得渾身發顫。

「決鬥時是另一回事，但這可是爭奪糧食的生存競爭！二打一雖然很卑鄙，但這才是弱肉強食的真理！來啊，今天就跟妳做個了斷！」

「只有牽扯到食物的時候，妳的倫理道德就會破綻百出耶……但沒辦法，畢竟我們是邪惡組織的人嘛。」

看到我也準備參戰後，少女用雙手使勁拍打面具。

或許是做好心理準備了，少女先拿起放在地上的斧頭，擺出架式——

這時毀滅者的巨大前腳忽然從少女身邊猛然揮下，讓她縮起身子。

隨後，坐在毀滅者頭頂的愛麗絲的聲音傳遍四方。

『你們幾個在玩什麼啊……喂，臭蠻族，快給我滾！』

「——！——！」

看到那支前腳不斷揮舞作勢驅趕，少女發出不成聲的尖叫逃離現場——

——襲擊我們的破頭族似乎只有那名少女而已。

她被愛麗絲趕走後，就沒有斧頭飛來了。蘿絲吵著要把所有魔獸帶回去，於是我們把魔獸遺骸綁在毀滅者身上，好不容易才運回基地小鎮。

我們回到基地小鎮後，眼前有個女人就用閃閃發光的雙眼看著被毀滅者拖上岸的巨大機甲……不對，是層層疊疊的大量魔獸。

「你們獵到好多可以換錢的魔獸啊！愛麗絲，這些交給我處理！我要動用人脈、如月的威信和前騎士團長的權利，從那群商人身上狠狠敲一筆！」

最近擅自替自己冠上代官之名的雪諾開始對魔獸鑑價。

「不行啦，雪諾小姐，我要把這些魔獸全部吃掉！」

「說什麼傻話，這麼多魔獸怎麼可能吃得完啊。內臟可以入藥，毛皮和骨頭也能賣到好價錢。有這些錢就能貼補基地小鎮的開發資金……真、真是的！這樣也沒用啦，蘿絲！好了，不要咬！」

為了不讓雪諾搶走獵物，蘿絲像個野生動物般和雪諾發生爭執。這時也聚集了一波人潮，想一睹被毀滅者拉上岸的巨大機甲殘骸。

在水裡看到時還無法確認全貌，但在地面上看就能再次體會到其身型之巨大。

機甲的尺寸比毀滅者小了一圈，似曾相識的外觀跟那個巨大地鼠「砂之王」十分相似。

可能是長期沉在湖底的關係，機甲到處都長滿水草。

如果這是為了對抗砂之王製造的產物，為什麼不是埋在地底，而是沉在湖底呢？

這顆行星充滿了深奧難解的謎團。

「好，你的名字就叫鑽地朗吧。我會把你修好，打磨得亮晶晶。」

愛麗絲拍拍機甲地鼠的裝甲，心情愉悅地替它取名。

儘管世界不同，他們同為機甲，或許能理解彼此吧。

「反正是撿來的，妳愛怎麼修就怎麼修吧，但妳要負責照顧，別讓它失控喔……修理未知機甲感覺不太容易耶……」

畢竟星球不同，文化也不同。

得先用起重機等重型機械分解這個巨大金屬塊，鎖定損壞區域，切削和打磨出符合規格的零件，再進行運轉測試……光想這些流程，我就快要昏倒了。

看到愛麗絲在機甲面前像個小孩一樣，我無奈地聳聳肩……

「六號，你在說什麼啊？你在基地裡閒閒沒事幹，當然要幫忙修理鑽地朗。」

「咦？」

2

我們在這顆星球目前已所向無敵，於是終於開始進行正式的開發計畫。

我們將基礎據點，也就是基地小鎮尚無人居住的地區和下水道全數開通。鞏固基礎後，又依序建了符合各種用途的建築。

移民的魔族們雖然還是住在簡陋的房子裡，但大致上已整頓完畢，也有很多勞工開始在開拓森林闢建的農業區工作。

至於森林裡的職場，只要稍不留神，魔獸就會現身。

戰鬥員驅趕魔獸的同時，也以最快的速度建造包圍農業區的外牆。此情此景才是開拓行星該有的樣子。

為了開闢道路通往鑽地朗被發現的那座巨大湖泊，如今重型機械正在狠狠破壞森林。如果環境保護團體現場看到這一幕，一定會把我們狠狠掐死。

我遠遠眺望眼前的光景，對仍在進行修復的愛麗絲說：

「照這樣看來，工業區大概不用半年就能完工了。小瑟說遍及各地的魔族還會陸續遷入基地小鎮，屆時不僅有廉價勞動力和廣大腹地，又有豐富的資源。我已經懶得管地球了，乾脆在這裡建立我的王國吧。」

「如果你當上國王，不但三天就會發生政變，還會跟地球派來的制裁部隊激烈交戰。我都能預想到未來的發展了。」

她已經修理鑽地朗一週了。

起初發現鑽地朗時，它看起來只像一塊廢鐵，如今卻變得煥然一新，簡直判若兩人。

「打理得很乾淨耶。差不多可以啟動它了吧？」

「不行，雖然損壞的區域已修繕完畢，但還是無法啟動。它的動力源好像是這顆星球的魔導石，但我用目前蒐集到的魔導石測試過了，依然毫無反應。」

說完，愛麗絲拍了拍鑽地朗的巨大外殼，彷彿在哄嬰兒似的。

「哦～它的系統只會聽從開發者的命令吧，或是只有某個血族才能操縱它。」

「那是動漫才會出現的情節吧。我從來沒聽說過這種安全裝置。」

我跟愛麗絲一邊閒聊，一邊為鑽地朗的外殼打蠟。這時，蘿絲笑容滿面地舉著某個東西衝過來。

「愛麗絲小姐，我把算術習作寫完了！我有認真寫到最後一題喔！」

蘿絲正式成為如月戰鬥員後，愛麗絲不擔心她的戰鬥力，但出了些作業訓練她的腦袋。

雖然一開始先從小學程度的內容教起……

「……幾乎錯了一半嘛。再從基礎題開始重寫一遍。」

「等、等一下嘛，愛麗絲小姐！反過來想，不就代表將近一半都答對了嗎？那我只要重寫半本基礎題，加起來就是一百分了啊！」

蘿絲開始闡述獨樹一格的機率理論，拚命抵抗。

跟蘿絲一樣蠢的我也為她說情。

「愛麗絲，妳應該先用讚美讓她成長啊。我也是被稱讚就會進步的人，所以能理解她的心情。」

小時候我光是不再把釣上岸的螯蝦放進冰箱，我媽就會痛哭流涕地稱讚我。

「慈母出敗兒啊……蘿絲，妳聽好了。小時不讀書，將來就會變成這副德性喔。」

「雖然我已經不想再讀書了，但我還是再努力一下好了。」

「好，放馬過來啊。來確認我跟妳的腦袋哪個比較厲害。」

就在我準備使出頭槌，蘿絲被嚇得不斷後退時。

負責為如月批發糧食的魔族商人一看到愛麗絲就狂奔而來。

「終於找到妳了，愛麗絲小姐！不知為何，有人在葛瑞斯大量拋售水精石！要轉賣的話得抓緊機會啊！」

聽到魔族商人帶來的有利情報後，愛麗絲有些疑惑地歪頭問道：

「……水精石是托利斯特產的礦石吧。是占領托利斯的那群人帶過去的嗎？但為什麼要大量拋售呢？」

說完，愛麗絲陷入沉思。蘿絲帶著純真的笑容說：

「是不是因為占領托利斯的人都很善良啊？所以才把多到用不完的水精石便宜分給我們！」

……怎麼可能會有這種慈善團體啊？

天下沒有白吃的午餐，這才是世間的常理。

這時愛麗絲像是想到什麼似的，輕輕點了頭……

3

《惡行點數增加。》

「喂喂喂！誰准妳在這種地方開店的！」

「咿！我有跟這裡的地主提出開業申請啊……！」

我一邊聽著點數增加的語音，一邊恐嚇眼前的女子。

來到葛瑞斯鎮上後，我們就發現要找的水精石商人了。她正在空地上擺攤販售。

「就算妳搬出開業申請這種艱澀詞彙，我也聽不懂啦！妳到底是從哪裡拿到這個礦石的？啊啊？給我老老實實把物流管道交代清楚！」

「這這、這我不能說！這關乎我的信譽，而且物流管道可是商人的命脈啊……！」

那女人抵死不從，還張望四周想尋求協助。

但鎮上居民都知道我是誰，每個人都裝作沒看到直接路過……

我不斷逼近那個哭喪著臉的女人，這時愛麗絲將手輕輕放在我的手臂上。

「先聽聽這位大姊怎麼說吧。妳還好嗎？抱歉，我的小弟對妳這麼失禮，他平常沒有這麼壞……但以前遇過仙人跳讓他有了心理陰影，所以他一看到不法商人就會變得這麼殘暴……」

愛麗絲面色沉痛地這麼說，走近被我威脅的那名女子，握住她的手。

淚眼汪汪的女子聽了愛麗絲的這番話，似乎也稍稍放下戒心。

「原原、原來如此，那就沒辦法了……可、可是我真的只是在做正當生意啊。」

誰被仙人跳啊——我本來想對愛麗絲大發牢騷，但她似乎打算扮白臉。

以黑臉白臉的雙人組合進行交涉，是如月交涉術的基本原則。

「正當生意啊。不過說也奇怪，水精石是原產於托利斯的稀有礦石，但本國跟托利斯現在應該是斷交狀態。而且妳又無法告知物流管道，說不定會有走私嫌疑……」

「看吧，果然是不法商人嘛！妳就是跟斷交的敵國私下偷偷交易的奸商！我要把妳交給好大喜功的貪婪騎士。」

「等等、等一下，我沒有走私貨物，請相信我！另外，難道貪婪騎士就是雪諾小姐嗎？拜託兩位唯獨不要向那個人告發好嗎！要是被她抓住把柄，我會被她扒到連皮都不剩啊！」

比起我的威脅，雪諾居然更讓她聞風喪膽。那個女魔頭暗中到底幹了什麼好事？

雖然如月是邪惡組織，但把她攬入旗下似乎有點太輕率了。

女子似乎非常害怕雪諾，她往四周看了一眼後，小聲低語道：

「這件事我只告訴兩位，這個水精石是某人免費提供給我的。好像是為了拯救這個國家居民的缺水問題，想要暗中提供幫助。那人還希望我們能低價賣給需要的人，配貨給很多商人呢……」

什麼啊，是哪個志工團體在做慈善事業嗎？

……聽完這些話，愛麗絲咕噥道：

「有間諜混進來了。居然搞出這種麻煩。」

聽不懂她在說什麼，但思考問題本來就是她的工作。

那我能做的就是……

「既然是免費拿到的東西，沒收也無所謂吧。把妳手邊的水精石全部交出來！理由就是太過可疑！水精石沒收後會充公保管！還有，既然妳問心無愧，那就證明給我看啊！」

「居、居然這麼不講理。雖然是免費拿到的，但這已經是我的東西了！小姐，妳也說他幾句啊！」

我聽著惡行點數增加的語音，再次逼近她。

女子對愛麗絲投以求助的目光。

「要進口貨物到這個國家就得申報供應商、成本價和販售價才行。這方面妳打算怎麼糊弄過去？」

「不要申報就好啦。這樣連稅金都不用繳了，一石二鳥呢。」

一臉得意地回答愛麗絲的問題後，女子才猛然回神。

「還說什麼『只是在做正當生意』，開什麼玩笑啊，妳這逃稅女！」

「小哥，我剛才只是不小心說溜嘴而已！求求你當作沒聽到吧！」

為了不讓水晶石慘遭沒收，女子整個人趴在商品上。我用雙手做出抓揉的動作，說出了那句固定台詞。

「嘿嘿嘿，妳叫破喉嚨也不會有人來救妳了！喂，不准反抗！」

「啊啊，你只是想假借沒收水精石的名義，其實是在覬覦我的肉體吧！好啊，要上的話儘管上吧！但我絕對不會交出水精石！」

女子拉開嗓門喊出這種糟糕言論。為了讓她安心，我勾起嘴角笑道：

「放心吧，我們這些人也有自尊心。組織嚴禁強姦犯行，所以我只會拿走水精石而已。而且妳又不是我的菜。好了，快交出來！」

「你也太失禮了吧！難得有這種從天而降的機會，我怎麼可能會交出去！我已經決定要狂賣水精石大發橫財了！既然色誘不成，那來談錢如何？我會分你一成營業額，幫我逃漏稅吧！」

「……喂，六號，你看這傢伙販售的水精石價格。那個人明明希望她便宜分售，她卻開這麼高的定價。」

再加上剛才那句逃漏稅發言，這傢伙還真不知羞恥。

「納稅是國民義務。繼續追查下去就會挖出妳更多底細吧！我要直接把妳扭送警局！」

「啊啊啊啊啊！誰來救救我啊啊啊啊啊啊啊啊啊啊！」

就在此時——

「到此為止！」

這個女人除了逃漏稅之外似乎還做了很多黑心事。聽到她的慘叫聲，居然有某個瘋子回應了。

這場面似曾相識。我跟愛麗絲循聲望去——

「……怎麼連妳都來亂啊？」

「我在路上看到一個抱著重物的老爺爺，出手幫忙後，這個姊姊就說我很有前途，邀我跟她一起去伸張正義！」

眼前是那個怪女人亞德莉，以及滿臉期待的蘿絲。

「又見面了，六號。託你的福，我在拘留所待了好一陣子！警察每天都照三餐罵我，這個仇我非報不可！」

「因為妳是罪犯才會被警察罵啊。」

「這個仇！我！非報不可！」

亞德莉把我的吐嘈當耳邊風，把話拆成一段一段大聲喊道。

「……喂，六號，這個怪女人是誰啊？」

「我知道她是誰，但不認識她。這個可疑人物叫亞德莉。」

愛麗絲用看著珍禽異獸的眼神盯著亞德莉。只看一眼，她就恍然大悟地拍手說：

「是之前報告書上那個穿著白色鎧甲的可疑人物啊……原來如此。」

雖然不知道這點線索讓她明白了什麼，但愛麗絲重新看向亞德莉。

「幸會，亞德莉小姐。我叫如月愛麗絲，是這位六號的搭檔。」

「您客氣了。我是『救濟的鈍色』亞德海特．古莉潔兒，可以叫我亞德莉或正義大姊姊。那麼……」

亞德莉直指著我，用響徹四方的音量說：

「六號，你終於露出狐狸尾巴了！雖然你用計陷害我這個正義使徒，把我送進警局好幾次……但既然撞見你的犯罪現場，這次絕對不會讓你逃掉！」

「是妳自己被抓的耶，我不記得有陷害過妳啊。」

「既然撞見你的犯罪現場！這次絕對！不會讓你逃掉！」

亞德莉又把我的吐嘈當耳邊風，還露出勝券在握的笑容。

「就用恐嚇和性暴力未遂將你定罪吧。竟敢搶奪我為了本國國民準備的水精石，你就是個不折不扣的大壞蛋！」

「水精石果然是妳提供的啊。所以妳承認跟那個準備開溜的商人有勾結嘍？」

聽到愛麗絲這句話，亞德莉一臉驚訝地歪著頭。

扛著裝滿水精石的袋子，不知何時從我身邊跑開的商人，被愛麗絲這句批判嚇得渾身一震……

「啊，她逃走了！蘿絲，那傢伙才是大壞蛋！快去追那個逃稅女！」

「咦咦？遵、遵命！我馬上去！」

看著蘿絲前去追趕逃跑的商人後，我走向亞德莉，並將貼在水晶石上的標價牌交給她。

「我有提過我的工作內容嗎？為了維護治安，我們手握國家賜予的逮捕權，每天在街上到處巡邏。那個女人目前的罪狀是無照經營和逃漏稅，但似乎還有其他罪行。這就要看審訊狀況而定了……而妳現在可是那個女人的共犯。」

「這是誤會，六號同志。吾友，請聽我解釋吧。被我招攬的蘿絲是你的夥伴吧？她真是個富有正義之心的好孩子，簡直無可挑剔。而我居然懷疑這位善良好女孩的夥伴六號，實在萬分抱歉。你果然是一名正義之士，我沒看走眼。」

看到標價牌後，亞德莉眼神飄忽地開始找藉口。這時愛麗絲早已迅速送出便條，取得了如月特製的手銬。

「妳叫亞德莉是吧？我大概已經猜到妳的身分了，但剩下的就到警察局慢慢解釋。我們走吧。」

「等等，拜託聽我解釋！……啊！總覺得妳身上有種邪惡的氣息。雖然看起來是個小不點，但妳到底是誰！」

為了不被愛麗絲上銬，亞德莉後退幾步並擺出架式。

愛麗絲似乎對亞德莉的行為無言以對，她嘆了一口氣，說：

「……什麼邪惡的氣息啊，那種東西怎麼可能看得出來。」

「不，我看得出來，這是正義的第六感！我的第六感通常有兩成的命中率，而且我會對盤問對象使用這個，看穿他的真面目！」

說完，亞德莉就拿出水晶球，似乎相當篤定。

但命中率只有兩成，幾乎就是瞎猜吧……

「這是業力測定水晶，可以測出對方的靈魂色彩。既然妳堅稱自己並非惡徒，那就試……！」

亞德莉還在講解，愛麗絲就一把抓住她遞出的水晶球。

可以測出靈魂色彩的水晶球當然毫無反應。

「……雖然愛麗絲摸了沒有變黑，但這情況要怎麼解釋？」

「……沒有變白也沒有變黑，算是中立嗎？我還是第一次看到這種狀況……」

亞德莉滿臉疑惑，愛麗絲卻在她手腕銬上冰冷無情的手銬。

「別再玩這種無聊的玩具了，趕快走吧。」

「等一下，對不起，是姊姊錯了！剛才居然懷疑妳，真的很抱歉，原諒我吧！喂，求求妳，這次再被逮到真的會關很久耶！而且又要聽到審訊小哥傻眼地說『怎麼又是妳』了！」

將不停哀哀叫的亞德莉送到警察局的途中。

『喂，六號。雖然我還沒見識過，但地球上的英雄應該比較正常吧？對如月造成威脅的正義夥伴，應該不是所有人都這麼奇怪吧？』

聽到愛麗絲用日語這麼問，我始終保持緘默——

「——結果那傢伙到底是誰啊？開口正義閉口正義，有夠煩。我跟她一定水火不容。」

回到基地裡的房間後，我撲向廉價床鋪，喃喃自語。

雖然把亞德莉送進警局，但那個逃稅商人好像從蘿絲手中逃之夭夭了。

我本來以為那人手段相當高明，但蘿絲回來時嘴邊沾著串燒的醬汁，有被收買的嫌疑，如今正在接受格琳的審問。

聽到我不經意的低喃，擅自跟到房裡的愛麗絲坐在沙發上擦拭愛用的散彈槍並說道：

「她是消滅托利斯王室的神祕勢力派來的間諜。雖然她又是賤賣水精石又是維護鎮上治安，做了很多奇奇怪怪的事，但應該八九不離十。」

……！

「不會吧，所以是那個蠢貨從我們手中搶走了托利斯？我們被那種人奪得了先機嗎！」

「不，她應該只是普通小嘍囉而已……」

愛麗絲這麼說，臉上卻沒什麼自信。她很少表現出這種樣子。

「……不過，那傢伙居然是間諜啊？聽說對方消滅了托利斯，我以為會有強敵現身呢，他們是不是很缺人手？怎麼會有在潛伏地點被抓到三次的間諜？」

「對此我也無話可說。畢竟我眼前這個傢伙一到這顆星球就馬上搞砸間諜任務，還讓自己深陷險境。」

我是個從不回首過往的男人，所以對愛麗絲說的話一點印象都沒有。

「無論如何，她的真實身分只能等審訊結果出爐才能得知了。雖然已經被逮捕過兩次，我還是先跟警察透露了她是間諜的可能性。應該暫時跟我們無關了吧。」

「這雖然只是戰鬥員的直覺，但我覺得會跟那傢伙纏鬥很久耶……」

4

亞德莉展開第三次拘留所生活後，又過了兩週。

基地小鎮的住宅區蓋了大量組合屋集合住宅，商業區也開始提供各式各樣的食材，物資短缺問題獲得改善。

距離基地小鎮不遠的巨大湖周邊區域，目前也在不驚動破頭族的前提下鋪設道路。

除了魔族國和托利斯以外，葛瑞斯王國周邊仍有其他國家。

愛麗絲主要是透過商人促進與這些國家的邦交……

換句話說，目前一切都進行得相當順利——

「當時被一大群英雄包圍的怪人熊貓男先生說：『想攻擊的話就放馬過來阿魯。為了貫徹心中的信念，再困難我也要強行通過熊貓！』英雄可能是被熊貓男先生的氣勢震懾，誰也沒有上前攻擊……」

「太酷了～！熊貓男先生超猛～！」

「好帥啊！我也想見見熊貓男先生，對他抱緊處理！」

杜瑟的辦公室已經徹底變成我們鬼混的地方了。

兩位合成獸聽到怪人熊貓男的英勇事蹟後，眼睛都亮了起來。

「所、所以，熊貓男先生有順利抵達動物園跟小孩抱抱嗎？」

「有啊，那群小孩還摸到熊貓男先生的肉球，開心得不得了呢。我記得怪人虎男先生好像在暗處無比羨慕地看著這一幕……」

「我也想摸熊貓男先生的肉球！好想咬他的肉球喔！」

兩隻合成獸興奮又激動，正忙著工作的杜瑟疑惑地問：

「那個……我覺得英雄之所以無法攻擊熊貓男先生，應該是有『攝影機』這個東西在拍攝的關係……你剛才說的是『華盛頓公約』嗎？因為有這個法令，要是鏡頭前欺負熊貓男先生，就會被各方抨擊……」

聽到杜瑟指出這個問題，徹底變成熊貓男粉絲的兩隻合成獸開始嚷嚷起來。

「杜瑟，妳在說什麼啊？妳的思考模式已經徹底被邪惡組織荼毒了……」

「就是說啊，杜瑟小姐。熊貓男先生的心機哪有這麼重！」

「是、是嗎？對不起！我還沒見過熊貓男先生，光憑想像就妄下定論確實不妥，真的很抱歉！」

見杜瑟一臉愧疚地道歉，兩隻合成獸滿意地點頭。

「杜瑟，看看這張照片吧。帥氣逼人的熊貓男先生怎麼可能如此狠毒呢？」

「你在胡說什麼啊，羅素先生，熊貓男先生是可愛才對。請看看這讓人忍不住想咬上一口的渾圓尾巴。如果見到熊貓男先生，我要對他的耳朵和尾巴……」

仔細想想，怪人熊貓男和無尾熊男在跟英雄對峙時，一定會把電視台的人叫過來。戰鬥結束後，他們還會拿一個信封給電視台的人。那到底是什麼呢？

對了……

「喂，羅素，你可以在這裡打混嗎？雖然你在祕密結社如月的地位是女僕兼慈母，但製造水源才是你的本業吧？」

這個不管怎麼看都像女孩子的合成獸似乎對深受眾人喜愛一事樂在其中，現在也越來越不排斥女僕裝了。

「水精石在葛瑞斯鎮上被賤賣，我的工作量就減少了。那位大姊真是雞婆。製造我們這些合成獸的用意本來就是為了幫助人類，所以我也不討厭工作……」

真的假的？雖然我認為是前魔王軍幹部就別那麼聽話，不過合成獸有這樣的習性啊……
我不禁看向在杜瑟身旁猛吃零食的另一隻合成獸。
「……幹嘛啊，隊長？你想跟我說什麼嗎？」
「妳跟羅素是同種類的生物吧？性別會導致合成獸個性迥異嗎？」
……蘿絲立刻扔開零食撲了過來，我也上前迎擊。這時卻忽然傳來警報聲。
「是魔獸或蠻族來襲的警報嗎？但聽起來滿急促的耶。」
警報有好幾種，聲音間隔越短表示情況越緊急。
「隊長，終於輪到我登場了！我平常不是只會毫無意義地吃跟睡，而是要儲備應付緊急時刻的戰力！現在就讓你瞧瞧戰鬥合成獸的威力！」
跟我扭打成一團的蘿絲立刻打開辦公室窗戶一躍而下。
雖然這裡是二樓，但合成獸應該不用煩惱這種事。
看著蘿絲離開後，羅素無奈地嘆了口氣，站起身子。
「真是魯莽啊，難以想像她跟我是同族。但讓各位見識一下我們戰鬥合成獸的實力也不錯。總覺得最近被看扁了，我會讓大家回想起我是前魔王軍幹部……！」
說完，羅素對依舊默默工作的杜瑟露出意味深長的笑容。
「……？啊啊，萬事小心喔，羅素。你穿著短裙，動作不能太劇烈喔。」

「我有叫妳擔心我嗎！我會看著妳笑，是要妳也拿出前魔王杜瑟的實力啦！」

5

離基地小鎮不算太遠的大森林中。

在魔族遠遠觀望的視線前方，豎起尾巴威嚇的蘿絲正在和無數破頭族對峙。

「超難對付的集團出現了耶！戰鬥員呢？我的同僚怎麼一個也沒來啊！」

以戰力層面考量，對方的人數太多了。

要是情況不對，用重火器採取機槍掃射應該能解決。但對幾乎跟裸體沒兩樣的蠻族做這種事，應該會演變成悽慘至極的殺戮現場。

在遠方觀望的基地小鎮居民中也有很多魔族孩童。

這時若用機槍掃射，對品德教育也不太好。

見我反應焦慮，杜瑟雖有些擔憂，但還是回答了我的問題。

「所有戰鬥員都在開闢巨大湖的連通道路。愛麗絲小姐去鎮上談生意，雪諾小姐也說要去殺價狂掃食材和物資，一樣到鎮上去了……」

那格琳應該在呼呼大睡吧。可惡，我知道啦！

「——！——！」

和蘿絲僵持不下的，是看似代表的魁梧面具男，以及之前出現過的破頭族少女。

女孩用不成聲的嗓音對蘿絲拚命訴說，似乎想傳達些什麼。

「雖然不太懂，但妳今天也是來找我打架吧？好啊，我可是祕密結社如月的戰鬥合成獸蘿絲！我就接下妳的挑戰！」

「————！」

破頭族小妹使勁搖頭，蘿絲卻毫不理會，用力吸了一口氣。

「沉沒於吾之業火之海當中吧……！永遠長眠吧，深紅——」

被我狠狠巴頭後，蘿絲嘴角噴出火焰摔倒在地。

她嘴巴裡變得一團亂，看來是準備噴火之前被我干擾的關係。

「唔唔，尼在案嘛啦隊昂！如果我不是戰鬥合成獸，口腔早就被燙傷了！」

「若妳不是戰鬥合成獸也不會噴火吧，妳先緩緩。對方好像無意跟妳吵架喔。」

沒錯，站在眼前的破頭族人雖然手拿武器，卻沒有人準備攻過來。

我以為他們是來抗議巨大湖周邊的開發工程，但感覺也不像。

看不下去的杜瑟走到他們面前。

見杜瑟走來，破頭族大哥也咕噥了幾句……

「那個，他們是說『妨礙這孩子進行成年禮的白色鎧甲女，是你們的夥伴嗎？若真如此，我們想問問意圖為何』……」

白色鎧甲，又是那傢伙喔？

那女人跟我們無關，所以我請杜瑟轉達「那人隨你們處置」。

「『那後續就由我方來處理。如此大陣仗包抄各位，實在萬分抱歉。』」

破頭族真的很有紳士風度耶。

真要說的話，我們家那個還在恫嚇對方的合成獸更像蠻族。

「雖然沒聽懂，但已經靠談話解決了嗎？我只要一來森林，這丫頭就會來跟我搶獵物，我還想趁機會把她幹掉呢……」

「什麼嘛，真無聊。既然對方是蠻族，還以為可以好好玩弄一番呢……」

就言行舉止來看，我們真的很像蠻族。

當我以為事情告一段落時……

「——」

沉默至今的破頭族小妹說了些什麼。

聞言，破頭族大哥對杜瑟低語了幾句。

「……呃，他想跟蘿絲小姐說『部族想問的就只有這些。再來……我想問那個合成獸女孩，妳為什麼要妨礙這孩子的成年禮呢？』……」

聽到杜瑟翻譯的內容，所有人的視線都集中在蘿絲身上。

破頭族小妹還不會說精靈語，杜瑟也無從翻譯。

「成年禮是什麼？對了，每次只要我發現美味的波波蛇準備狩獵，基本上她都會衝出來搗亂。我倒想問她為什麼要這麼做！」

「──！──！」

看到破頭族小妹拚命搖頭，男子再次嘀咕了幾句。

「『透過單獨狩獵波波蛇成為獨當一面的大人，這個儀式就叫成年禮。我們會在森林裡孵化波波蛇卵進行養殖，但她老是闖進我們的地盤，在牠正美味的時候拿一大堆走……』」

「怎麼聽都是妳的問題嘛！不要從養殖場拿走獵物啦！」

「森、森林是公有地，他們怎麼能擅自劃分地盤！再說，我又分不出養殖和野生的區別，拜託你們先標上名字好嗎！」

看到蘿絲惱羞成怒，破頭族小妹又搖搖頭。

「──……」

「『依這顆星球目前的氣溫，波波蛇卵必須借助人的掌心溫度才能孵化，所以森林裡根本沒有野生波波蛇喔。』」

「去跟他們道歉，用妳的惡行點數換賠禮過來。」

「等等、等一下啦。我又不知道波波蛇的生態！」

蘿絲發現狀況對自己不利準備開溜。我將她一把抓住，請如月送一盒餅乾禮盒過來——

「『沒關係，只要各位能理解我們的養殖事業就好。畢竟我們以前獵捕魔物時，也給貴鎮添了麻煩……』」

當時還以為他們想妨礙我們建設基地，原來那是在獵捕啊。

話雖如此，我們家蘿絲卻不只一次去搶他們的獵物……

「小小禮物不成敬意。除了賠罪之外，也為我們搬到附近一事跟你們打個招呼。」

「『不不不，您太客氣了！但我們只能用這把手斧回敬，還望您收下……』六號先生，聽說手斧對破頭族來說是僅次於性命的貴重物品。該如何是好……？」

送出餅乾禮盒後，對方竟然回送手斧給我。我請杜瑟傳達「不能收下這麼貴重的東西」，破頭族大哥卻堅持要回禮。

我忽然靈機一動，請如月送了印地安戰斧過來。

因為不知道他們喜歡哪一種，我就從武器名廠弗朗寧公司和史密斯&強森公司各拿了一把過來。

「我就收下你的斧頭了。這是我個人的謝禮，看你喜歡哪個就拿去吧。還有，那孩子應該跟我們家那些合成獸年紀差不多，可以的話就好好相處吧。」

說完，我將兩把斧頭交給眼前這兩位。結果他們在面具底下倒抽了一口氣。

「『這把斧頭真是簡約大方！明明是全金屬打造，觸感卻細滑無比，重心還能取得完美平衡……啊啊！但另一把斧頭的設計卻非常適合投擲……！』」

「……還是兩把都拿去吧。」

看到眼前的斧頭，破頭族大哥陷入苦惱，於是我把兩把都推給他。

男子雙手捧著斧頭無法動彈。他煩惱片刻之後，將其中一把交給破頭族小妹。向我低頭鞠躬後，他就催促少女跟我道謝。看來他是破頭族小妹的父親吧。

破頭族小妹著迷地看著斧頭，接著小心翼翼地抱在胸前，抬頭看著我。

「非常、謝謝你……」

雖然聲音幾不可聞，但她是用我能聽懂的語言——

「——既然收下兩把斧頭了，再收餅乾禮盒就太多了吧。這些我就吃掉嘍。」

「喝啊啊啊啊啊啊啊啊啊啊啊啊——！」

「笨蛋，我在幫妳收爛攤子耶！喂，妳們倆別再吵了！」

6

經過蘿絲跟破頭族小妹這場追逐戰，我們跟鄰居的交情也更深了一些。

這幾天愛麗絲集結了周邊諸國商人，忙著在葛瑞斯鎮上談生意。此時我在房間裡向她報告細節……

「既然他們這麼喜歡斧頭，感覺可以用印地安戰斧為餌，把他們當傭兵使喚。地球那邊的戰鬥員人手也不夠，應該能在情況緊急時多一個選擇。」

愛麗絲懶洋洋地躺在床上如此提議。

「他們的本性似乎不壞。在那之後，破頭族小妹好像偶爾會過來玩，對那些合成獸的教育也有不錯的影響。」

雖然問過那女孩的名字，但那一族似乎認為所有人都是共同體，所以沒有名字的概念。

蘿絲叫她破頭族小姐，其他人叫她破頭族小妹。

跟蘿絲玩鬧的時候，她偶爾會說一點點片語，但次數寥寥無幾，應該還很難跟她溝通。

「所以問題還是那個白色鎧甲女嗎？」

「是啊。她好像不知不覺被放出來了。」

過去亞德莉曾跟破頭族發生過摩擦，但差不多該做個了結了。

「警方雖然狠狠審問過她，最後她還是不肯鬆口，但她一定跟占領托利斯的那群勢力有關。我們挖出她是間諜的證據，把她吊死好了。」

「妳又說這種唯恐天下不亂的話。間諜罪在大部分的國家應該都是死刑，但別做得這麼絕嘛。我對美女很溫柔的。」

但不知為何，我看到那個女人也不會色慾薰心。

起初我只覺得她不是我的菜，難道說……

我正在研究亞德莉的真實身分時，房門忽然被打開了。

慌忙現身的是經常進出基地小鎮的魔族商人。

「愛麗絲小姐，不好了！雪諾小姐在葛瑞斯鎮上……！」

這股早已淪為日常的麻煩預感，讓我跟愛麗絲雙雙起身——

「——終於抓到妳的把柄了，惡代官雪諾！我調查了這個鎮上的各種犯罪情事，但妳就是這一切的元凶！」

「口口口口、口說無憑啊！妳對初次見面的人太失禮了吧！」

抵達葛瑞斯鎮上後，我們在商人帶領下來到廣場。剛才提到的亞德莉正當著圍觀群眾的面，指著雪諾的鼻子猛烈抨擊。

我走向附近的圍觀群眾問道：

「喂，怎麼會吵成這樣？」

「嗯？啊、啊啊，是維護治安的黑衣人啊。雪諾小姐自稱代理領主到處胡作非為，那個女人正在告發她呢。聽說雪諾小姐最近被懷疑透過黑箱作業非法招標，還收取賄賂……」

我敢保證，依那個女人的個性，她一定幹了這些好事，根本不用懷疑。

「喂，愛麗絲。這狀況怎麼看都對我們不利，還是丟下雪諾撤退吧。」

「同意。」

掌握情勢後，我跟愛麗絲準備打道回府，卻被張望四周求救的雪諾發現了。

「六號、愛麗絲，幫幫我吧！這個潑婦居然說我是罪犯！」

「我都已經拿出證據了！覺悟吧，別再掙扎了！」

幫什麼幫啊，我們比誰都明白這傢伙有多惡質。

看到雪諾找我們求救，我跟愛麗絲都別開視線躲了起來。

「可、可惡，六號，你給我記住！要是你見死不救害我被捕，我一定會拖你下水……！

妳叫亞德莉是吧？有、有證據的話就拿出來看看啊！難道那疊文件就是妳說的證據？上面確實有類似我的簽名，但那種東西要多少都能偽造出來！」

「什麼！這才不是偽造文件，而是貨真價實的……！」

雪諾豁出去了，開始對亞德莉拿出的證據挑三揀四。

「比如拿著一張白紙跟我說『我是妳的粉絲，請幫我簽名！』，對我死纏爛打，之後才在空白處寫下契約文字之類的！或是用時間久了就會消失的擬態章魚墨水寫了一份無關痛癢的契約讓我簽名，之後再改寫契約內容！還有其他好幾種手段呢！」

『喂，愛麗絲，這傢伙一定用過剛剛說的那些手段吧？』

『還是見死不救，丟下她直接回去比較好……』

我跟愛麗絲用日語竊竊私語時，被雪諾的刁難搞得焦躁不安的亞德莉從懷裡拿出了某個東西。

那就是——

「既然妳說到這個份上，就用這個業力測定水晶球……」

「雪諾小姐逃走了！快追！」

「果然幹了不法勾當嘛，抓住她！」

一看到亞德莉拿出水晶球，雪諾立刻拔腿狂奔。

這位惡代官逃跑的方向不是離此處有段距離的基地小鎮，而是王城。

面對大批群眾的追捕，她根本逃不到基地小鎮，才會打算靠以前的人脈吧。

能在這種緊急時刻馬上採取行動，可見她早就想好事情曝光後的備案了。

「站、站住！用人民的血汗錢中飽私囊的惡代官雪諾，『救濟的鈍色』亞德莉絕對不會讓妳逃掉！……等、等等，不要一聲不吭地逃跑，至少放話嗆我一句啊……！」

「…………」

可能為了避免講話會打亂呼吸節奏，雪諾逃跑時一句話也沒說。

居然能理直氣壯到這麼徹底，在某種意義上也算是很有才能了。

「吶，愛麗絲，我覺得那傢伙比我更適合待在如月耶。」

「如果她當上正式職員，應該能有一番作為吧。但我不想讓她拿著傳送裝置……感覺她為了錢，可以若無其事盜賣不能販售的物品……」

愛麗絲如此低喃，並拿出小型無線電。

「先做好防範對策好了……」

說完，愛麗絲跟基地取得聯絡後，我們就去追趕全力奔逃的雪諾了——

7

我們抵達王城時，看到亞德莉正在緊閉的城門前跟門衛僵持不下。

「快把那個惡代官交出來！我要以正義之名制裁那個惡棍！」

「妳忽然跑來胡說八道什麼啊，知道這裡是什麼地方嗎！而且雪諾小姐雖然暫時調派至如月，但還是這個國家的騎士，怎麼能隨便交給一個來路不明的陌生人！」

門衛擋在亞德莉前面堅決不讓。看來雪諾雖然做人很失敗，卻意外很有人望。

……說實話，我實在不想再跟這傢伙扯上關係，但雪諾算是如月暫時的代官，這樣我也不能再置之度外了。

「嗨，亞德莉，妳今天怎麼又把正義掛在嘴邊啊？」

亞德莉拿著類似警棍的武器，而我若無其事地從她身後搭話。

「你、你是六號！……喂，我今天在抓一個大壞蛋。只要你一出現，我幾乎都會遇到倒楣事，能不能請你離開？」

會遇到倒楣事大多是妳自己的問題吧。

我對一臉嫌棄地轉頭看著我的亞德莉說：

「我已經知道妳是熱愛正義的老實人了。但不論雪諾是壞人還是惡代官，跟妳這個陌生人又有什麼關係？」

聽到這句話，亞德莉露出自信笑容，拿出某個東西亮給我看。

「六號，看到這個之後，你還敢說這種話嗎？沒錯，我就是奉絕對正義之名守護世界的執法機關——柊木的使徒！『救濟的鈍色』亞德海特．古莉潔兒！你們這些地上人還不退下！」

亞德莉把一張亮晶晶的白金色卡片舉到我眼前。

或許因為對方是小孩子，讓亞德莉放下戒心，愛麗絲馬上就把她得意洋洋舉向前的那張卡片搶走了。

「？！？？妳、妳在做什麼，快還給我！小妹妹，這東西對大姊姊很重要。妳好乖，還給我好嗎？」

亞德莉嗲聲嗲氣地用勸導的語氣這麼說，但愛麗絲無視她，將卡片舉在陽光下。

「這是純白金製的卡片耶，賺翻嘍。」

「我記得白金很貴重吧？要不要把這張卡片賣了，當作今天的酒錢？」

「拜託把卡片還我啦，這個被搶走的話，我就跟一般人沒兩樣了！……我明明是執法機關柊木的使徒，你怎麼一點反應都沒有？能不能敬畏一點啊！」

亞德莉淚眼汪汪地想要搶回卡片。

「說穿了，我從來沒聽過那個柊什麼的機關啊。」

「不會吧——！」

聽到我的感想，亞德莉鬼叫一聲後僵在原地。

「……為、為什麼？這國家不是有個傳說嗎？在魔王威脅下的人類面臨滅絕危機時，受到神明祝福的勇者拯救了這個國家。最後勇者在上天派來的執法機關柊木的使徒帶領下，為世界帶來了安寧……」

「呃，我是外國人，沒聽過這個傳說。再說，這個國家流傳的傳說當中，有出現過執法機關或柊木這些名字嗎？」

所謂的傳說，就是在葛瑞斯王國代代相傳的魔王勇者奇譚吧。

我跟愛麗絲初來乍到時好像略有耳聞。

聞言，亞德莉一臉惶恐地轉頭問道：

「這、這……應該有啊？你們這些士兵是這個國家的人吧？小時候應該有學過這則寓言故事啊？執法機關柊木的神聖使徒，將這個世界帶往和平的未來之類的！」

亞德莉抱著一絲期待，詢問神情依舊警戒的那些門衛。

「哪有。我知道勇者大人現身打敗了魔王，但之後就沒下文了，可喜可賀可喜可賀。」

「柊木？柊木……柊木……」

「對啊，根本沒聽過什麼使徒……」

「所以你們才是未開化的地上人！至少把傳說正確地傳遞下去好嗎！……不，剛剛是我失言了，抱歉！唔，冷靜點，亞德莉，就算傳說沒被正確流傳，但要放棄還太早了……！」

說完，亞德莉用力地搔搔腦袋。這時，她忽然意識到一件事。

「對了，占卜師！這個國家應該有世代都以占卜為業的優秀占卜師！現在馬上讓那位高人算算這個國家的未來，這樣就能讓真相水落石出！」

聽她這麼說，那些門衛都疑惑地看著彼此。

「她說的占卜師，是那個預言完全不準的人吧？明明說勇者大人會打敗魔王，結果根本完全不一樣……！」

「原來是那個人啊……我記得他因為預言失準被雪諾小姐驅逐出境了。真是沒用的廢物！現在應該在其他國家吧？」

「啥啊啊啊啊啊啊啊啊啊啊啊啊啊啊啊啊！」

啊，雪諾好像提過這件事。

「驅、驅逐出境……？冷靜點，亞德莉，現在不是生氣的時候！因為那個笨女人的行為就判定這是個邪惡的國家，未免言之過早……！」

亞德莉嘴裡唸唸有詞，搗著胸口平復激動的心情。

這時，某個士兵忽然像想起什麼似的拍了一下手。

「啊，我一直覺得在哪裡聽過柊木這個詞，原來是那個。」

「你想起來了？沒錯，就是那個！」

想出答案後豁然開朗的士兵對滿懷期待的亞德莉說：

「森林裡不是有個會用詭異光束攻擊的柊木族嗎？這個大姊就是那個蠻族的人。」

「「哦哦！」」

「沒禮貌，誰是蠻族啊！那些地上人是我的眷屬，在人類獲得無法控制的力量時，就會出面阻撓調停！居然把他們稱作蠻族，你們果然壞透了！」

怒不可遏的亞德莉瞪著城門看，似乎覺得再這樣下去會沒完沒了。

——接著她交叉雙臂舉到眼前，深沉又緩慢地吐了一口氣。

緊接著，亞德莉周圍出現類似藍白色靜電的帶電光芒，隨後，光芒傳到她的腳邊——！

『喂，愛麗絲，這傢伙不太對勁！我看過類似的現象！這是那些英雄經常使用的必殺技前兆！』

『我已經向基地請求支援了，但還是來不及啊。六號，拿出你的氣魄吧！我猜那傢伙可能是英雄等級的敵人！』

我用日語呼喚愛麗絲的聲調變得高亢，她也用緊張萬分的聲音宣告：

『如果她攻擊王城，就趁那個瞬間從背後攻擊——！』

「必殺……！鈍色……」

正當愛麗絲和亞德莉剛開口說話時。

在這劍拔弩張的氣氛中，城門竟緩緩敞開……

「雪諾目前應該暫時被調派至如月，現在卻擅自集結城裡的士兵，總之我先把她綁起來了……這場騷動究竟是怎麼回事？」

命令士兵將全身被綁成一條毛蟲的雪諾扛出來的同時，這個國家的實際掌權者——緹莉絲公主出現了。

看來雪諾逃進王城，本來想利用騎士的權力予以反擊。

亞德莉停止攻擊，對雪諾和緹莉絲各看一眼後，開口問道：

「我記得妳是這個國家的公主，緹莉絲殿下吧？我是執法機關柊木的使徒，『救濟的鈍色』亞德莉。希望您將那位在貴國作惡多端的毛蟲女交給我。」

「緹莉絲殿下！別聽這個女人胡說八道！她是想要加害我國的間諜！這是企圖撕裂我和緹莉絲殿下的挑撥離間之計！應該把這女人以間諜罪吊死才行！」

不肯死心的雪諾喊出這番話後，亞德莉的表情莫名緊繃起來。

「緹莉絲殿下，請相信我，我的第六感很準！貧民窟那段艱困的日子我可沒有白活！現在一臉蠢樣在那邊看戲的六號當時也被我識破了間諜的身分！這女人一定是想用漂亮話取信於這個國家，背地裡卻打著邪惡的歪腦筋！沒錯，就跟那個男人一樣！」

『喂，愛麗絲，差不多該讓她閉嘴了吧。』

『緹莉絲已經知道你是間諜了，那個蠢貨待會兒再好好唸她一頓就行。別說這些了，先前請求的援軍好像趕上了。』

原本在觀察事態發展的愛麗絲指著後方說道：

「緹莉絲也知道妳這怪女人是間諜。雖然先前都因為罪行不重放妳一馬，但妳這次卻是襲擊王城的現行犯。我大概猜到妳是哪裡派來的間諜了，但妳要不要一五一十地說清楚？」

我循著愛麗絲指的方向看去，只見包含海涅和羅素在內的如月戰鬥員衝過來，可能是從基地小鎮趕過來的吧。

「……原來如此。之所以不取締那個惡代官，就是為了逼我做出行動啊。雖然你們是敵人，但除了精彩二字，我無話可說。」

其實我根本沒有設計這種圈套，卻還是順應情勢點點頭。亞德莉露出心有不甘的表情指著我說：

「但我絕對不會向惡勢力屈服！我是深受孩子們崇拜的大姊姊，如果要落入惡人手裡遭受情色凌辱，死在這裡也是一種正義……！盡可能把惡勢力拖下水後，我就要連同這座邪惡之城一同自爆！」

亞德莉的眼神鎮定至極，做出這番完全不像英雄的宣言。

被士兵放下來後，缺德毛蟲女蠕動身子慢慢逃離現場。這時衝上前的戰鬥員們已將亞德莉團團包圍了。

彷彿要對抗似的，亞德莉深吸一口氣……

「必殺……」

「妳好像誤會了。我早已接獲報告，得知妳是消滅托利斯的組織派來的諜報員。但因為某些原因，我才會三番兩次釋放妳。」

聽到緹莉絲這番話，亞德莉驚訝地停止動作。

「……妳、妳什麼時候知道我是諜報員的……？」

緹莉絲對一臉震驚的亞德莉說：

「一開始就知道了。妳被六號抓到接受審問時，種種行為都太過可疑，所以我讓城裡的人跟蹤過妳。」

「妳一下就識破我完美的諜報活動了？……唔，我就敗在自己太小看地上人了……！」

「這傢伙明明自稱正義使者，說話卻這麼難聽。居然用『未開化的地上人』形容這個國家的人民，打從心裡瞧不起我們呢。」

「你跟莉莉絲大人也說過『對這顆蠻荒星球的當地人大開無雙』這種話，根本是半斤八兩。」

亞德莉一臉嫌棄地看著低聲吐嘈的我和愛麗絲，緹莉絲卻露出一抹微笑。

「我們本就無意與托利斯交戰。是因為水精石發生了一點小誤會，才會走上戰爭這條路。」

聞言，亞德莉驚訝地瞪大雙眼，並用嚴肅的語氣問：

「……所以說，你們其實沒打算和占領托利斯的我們……」

「那位公主也說得很含糊呢。把小雞雞放在國家元首頭上這種事，她居然說是『一點小誤會』。」

「妳好歹是女孩型仿生機器人，不能隨便說出小雞雞這種話啦。」

「開口小雞雞閉口小雞雞，煩不煩啊，圍觀群眾給我安靜點！……所以說，你們其實沒打算和占領托利斯的我們交戰嗎？」

說出小雞雞的次數比我們還多的亞德莉瞇起雙眼等待緹莉絲回答，彷彿想看清她的本意……

「竟敢攻擊王城，該死的正義女終於跨過這條最後的底線了！羅素，麻煩替我支援！」

「沒問題，妳也要幫忙打先鋒喔，海涅！狠狠教訓這個罪犯大姊吧！」

衝到王城前的前魔王軍幹部進入應戰狀態高聲喊道。

「原來她就是最近謠傳的怪女人！」

「果然一眼就看得出她很怪！聽說這個怪咖都睡在拘留所裡！」

「我還以為她只會給居民添麻煩，這次居然攻擊王城，未免太扯了吧！」

被陸續趕來的戰鬥員接二連三地痛罵後，正和緹莉絲對峙的亞德莉馬上就眼眶含淚了。

緹莉絲看著手持武器的同僚，彷彿要替亞德莉說情般……

「各位稍安勿躁。我正在和亞德莉大人談話，請收起武器吧。」

說完，她就介入亞德莉和同僚之間。

「……妳、妳做這種事，到底在打什麼主意？」

儘管困惑，亞德莉還是稍稍放鬆了戒心。緹莉絲微笑道：

「我只希望本國人民能健康平安地生活。妳不覺得戰爭既愚蠢至極，又不會帶來任何結果嗎？」

「妳、妳……」

緹莉絲的黑心程度雖然跟愛麗絲有得比，體恤人民的心卻是貨真價實的。

看到如此廉政又寬宏大量的執政者模樣，亞德莉放下緊握的拳頭，閉上雙眼。

「……看來是我會錯意了。我堅信魔族是邪惡化身，她卻展現出比任何人都清澈純粹的靈魂。和人稱黑心公主的妳實際見面後，妳卻展現出無人能及的高潔情操。呵呵，好像我才是壞人似的……」

「……嘖，怎麼好像已經完美收場了啊。她一直說我們這些魔族是壞蛋，我還想跟她好好算帳呢……」

「但我們本來就是前魔王軍幹部啊。那位大姊好像也反省了，這次就別跟她計較吧。」

聽到海涅跟羅素的吐嘈，亞德莉面容有愧地低下頭。

「雖然事情演變至此……請容我再次問候。我是來改革托利斯的執法機關柊木的使徒亞德莉。若各位能原諒我先前的無禮行為，我想以正式外交官的身分提出談話邀請。您意下如何？」

聽到亞德莉的提議，緹莉絲笑著點點頭——

「不愧是緹莉絲殿下，心胸真是寬大，願意赦免這個間諜女！喂，妳叫亞德莉是吧？妳之前罵我是惡代官，要不要也跟我道個歉啊！對了，把我五花大綁的士兵給我出來，等一下我要讓你好看！」

可能是發現情勢逆轉，慢慢蹭到緹莉絲腳邊的毛蟲女態度變得狂妄至極。

亞德莉聽到這句話才忽然猛然想起什麼，蹲在毛蟲女面前。

「對了，我還沒制裁妳呢。但這個國家的各種政策似乎都有相對應的理由，妳過去的行為一定也有其意義吧。如果妳真的是個大壞蛋，我本來已經下定決心，不惜對妳處以極刑了……」

說完，亞德莉露出苦笑，雪諾則大大喘了口氣。

「……妳的行為真的都有意義吧？」

「嗯，那當然。我是雪諾，曾任本國前近衛騎士團長一職。普通壞蛋怎麼可能爬到這麼高的地位呢？」

雪諾神情凜然地盯著亞德莉，斬釘截鐵地說。

結果亞德莉把從懷裡拿出的水晶球貼在雪諾臉頰上。

「「…………」」

看到水晶球瞬間被染成黑色，雪諾和亞德莉默默地看向彼此。

亞德莉愣了一會兒，又走向在一旁觀望情勢的我們身邊——

「好啊，黑色！這也是黑色！每個人都黑得徹底！開什麼玩笑，清一色全是黑的嘛！我果然沒有看走眼啊！」

畢竟我們是邪惡祕密結社和前魔王軍的成員啊。

「等等，水晶球確實變得漆黑混濁，但他們的本性並不壞！」

緹莉絲雖拚命為我們說話，但除了愛麗絲之外，現場所有如月成員都被判定為黑色。在場士兵的眼神也變得有點微妙。

「如果本性不壞，這個水晶球就不會變黑！因為這可以看出靈魂的色彩！……既然清一色都是黑色，想必你們就是犯罪組織集團吧？那我就……！」

「那妳要怎樣！要打仗嗎！只因為對方是壞蛋就要開戰，你們才更惡質吧！」

可能覺得再這樣下去不太妙，緹莉絲有點惱羞成怒地反駁。

「妳抨擊我們的半獸人農場是邪惡產業吧！是啊，對不知情的人來說，看起來確實是在做壞事。可是！野生半獸人根本無法在這殘酷的世界獨力生存！因為渴望安穩和平的務農生活，牠們才會自願前來……」

「這、這……」

亞德莉被緹莉絲的氣勢嚇到支吾其詞。緹莉絲彷彿看到勝利的希望，繼續猛烈追擊。

「那又怎麼樣！可以享盡天年的半獸人非常幸福！我們負責保護牠們，得到勞動力和肉品的反饋也很幸福！明明沒造成任何困擾，妳為什麼要出手干預啊！」

「對、對不起……」

亞德莉說不過她，忍不住開口道歉。於是緹莉絲理直氣壯地宣言道：

「我乃葛瑞斯王國第一公主，克莉絲特色列絲．緹莉絲．葛瑞斯！對本國政策有意見的話，儘管大聲說出來啊！」

「啊、啊嗚嗚嗚嗚嗚…………」

淚眼汪汪的亞德莉氣勢完全被緹莉絲壓過去了。

見狀，緹莉絲沒有繼續乘勝追擊。

「……我不想再欺負妳了。既然妳覺得這些人無法信任，我是這個國家的代表，要不要信我一回？妳覺得本國國民的表情如何？在妳看來像是深受惡政所苦的表情嗎？」

「這、這……」

亞德莉應該也明白這個國家的施政方向並不壞吧。

真要我說的話，我對半獸人農場也不敢恭維，也無法習慣食用智慧生命體的飲食文化。

但在這殘酷的世界中，這個國家的人民大多是笑容滿面，生活也很幸福。

「若還是無法信任我，就把水晶球放在我手上。但如果妳願意信我一回…………我們就先從認識彼此開始吧？」

緹莉絲露出溫柔的微笑，彷彿要握手言和般伸出右手——

亞德莉一臉愧疚地將那個水晶球放在她手上。

【中間報告】

基地周邊的開發計畫正逐步進行，巨大湖周邊的基礎建設工程也完成了七成。

我們和當地的蠻族破頭族成功建立交情。雖然只有口頭承諾，但雙方約定互不侵犯。

現在破頭族小妹偶爾也會來基地玩耍。

雖然她很木訥，什麼也不說，收到零食後反應卻相當有趣。

綜上而論，我們如月的侵略計畫相當順利，沒什麼太大的問題。

但如今協助我方的葛瑞斯王國公主，卻被侵略托利斯的新興勢力，自稱執法機關柊木的怪女人判定為邪惡勢力。

站在祕密結社如月葛瑞斯分部的立場，對自稱正義使者的執法機關柊木也加強了戒備。

——附註：在這顆星球發現的神祕道具中，有一樣我一定要請各位幹部摸摸看。

現階段最黑的紀錄保持者是緹莉絲，但我相信莉莉絲大人會發出更黑的光芒。

報告者　顏色沒有很黑的戰鬥員六號

第四章 VS虎之王！

1

跟亞德莉鬧出那場糾紛後的隔天。

因為昨天那件事被叫進王城的我和愛麗絲正在緹莉絲房裡商量往後的對策。

「從亞德莉大人昨天的態度判斷，她可能會跟上級灌輸不良思想，進而攻打我國。所以我想跟如月申請援軍，以防戰鬥發生。」

亞德莉交給緹莉絲的那個水晶球徹底染上一片漆黑。

甚至比前魔王軍幹部跟邪惡組織成員摸的時候還要黑。

緹莉絲好歹也是公主殿下，看到手上那個水晶球顏色比其他人還黑的時候，她那愣住不動的身影瀰漫著一縷哀愁。

「……戰鬥員本來就是靠打架維生，支援當然不成問題。」

「……怎麼了？有話想說的話儘管開口，別客氣。」

我喝了一口女僕泡的熱茶後，向緹莉絲提問：

「緹莉絲，妳是魔王嗎？」

「這話太失禮了吧，六號大人！別相信那女人所說的話好嗎！」

亞德莉看到黑得發亮的水晶球後，不知想到了什麼，忽然說出「原來真正的魔王就在這裡……勇者打敗魔王的傳說才正要開始……！」這種奇怪的話。

她認定緹莉絲才是真正的魔王後，就鑽出我們的包圍網，逃出葛瑞斯王國了……

「『公主殿下的施政方向沒有錯！就算緹莉絲殿下真的是魔王，我們也願意追隨到底！』王城裡已經有人對我說出這種奇怪的鼓勵了，求求你住口吧……！」

說完，緹莉絲難得露出沮喪模樣。看來她還是很在意大家偷偷喊她「黑心公主」的事。

有點擔心委靡不振的緹莉絲的愛麗絲說：

「雖然尚未釐清那些人的目的，但能理解他們很重視魔王的傳說，還說如果傳說沒照著劇本走，他們會很傷腦筋這種話。」

「說實在的，這讓我很困擾！魔王事件明明已經結束了！」

既然已將魔王杜瑟攬入旗下，又得到魔族這個勞力資源，如果亞德莉又來節外生枝，我們也會很傷腦筋。

所以，雖然能接受緹莉絲的援軍聘請，卻還有一個問題。

「……那傢伙很強耶……」

「唔……」

聽到我這句嘀咕，緹莉絲也低吟一聲。

沒錯，當時以我為首，全都是驍勇善戰的人。

但亞德莉不僅能和我們正面對抗，最後還逃跑了。

「在這顆文明未開化的行星，居然有如此高明的戰鬥技術，實在很不尋常。別說魔王軍幹部了，她的戰鬥力應該能媲美地球的英雄。」

「是啊，海涅和羅素的魔法攻擊也沒什麼作用。跟我們這些戰鬥員扭打的時候，她居然還能反抗，沒敗下陣來呢。這顆星球的居民應該要更脆弱才對……」

「那個，兩位說的話真的很失禮耶。」

這顆星球的居民緹莉絲一臉不滿地抗議。但亞德莉能用肉身跟我們這些穿著戰鬥服的改造人抗衡，真的太奇怪了。

杜瑟雖然也強到可以一腳踢飛砂之王，但那似乎是能活用時間操作魔法的魔王專屬的戰鬥技術。

發動攻擊時加速自身的時間，並在撞擊瞬間讓接觸部位的時間靜止。

如此一來，由於時間暫停，原本不可能破壞的物體就會發生高速撞擊現象，進而引發超強威力。

換句話說，杜瑟的戰鬥方式具備了魔法因素。但亞德莉跟我們戰鬥時，不僅沒有使用魔法的跡象，還用了不亞於地球格鬥技的技巧。

「我們可以派遣戰鬥員過去幫忙，但這次的對手不容小覷，妳得支付相對應的高報酬才行。再說，這次是你們國家的惡代官擅自執掌基地小鎮的政權，貪汙舞弊釀成的結果。公主的黑心指數又是壓垮駱駝的最後一根稻草。」

「不對，既然如月目前暫時收留了雪諾，就該負責監督她。而且先不論王族是否黑心，如月每個人都黑到不行吧？那個人本來就很仇視如月的人，你們應該也不能置身事外。所以酬勞部分……」

就在愛麗絲和緹莉絲開始交涉酬勞兼推託雪諾的監督責任時——

才剛聽見走廊上傳來跑步聲，就有人拚命猛敲房門。

「緹莉絲殿下，不好了！有人在街上到處張貼這種東西！」

才剛被提及的雪諾本人沒等緹莉絲回應就打開門，讓優雅拿起茶杯的緹莉絲皺緊眉頭。

「怎麼了，雪諾，著急成這樣……這是什麼？」

遭到緹莉絲訓斥的雪諾氣喘吁吁地遞出一張紙。

「哦，是被葛瑞斯王國和如月互踢皮球的惡代官小姐，妳好。」

「六、六號，你這傢伙，別說這麼失禮的話！把我當皮球踢未免也太小題大作了吧。我的行為確實有點踰矩，但每個貴族都會做這種事啊。更何況我還有實質功績，反而是我比較優秀吧……沒、沒錯吧，緹莉絲殿下？愛麗絲，我在如月也算是表現優秀的成員吧？」

比起完全無意反省的雪諾，我更在意她手上那張紙。

我看不懂這個國家的文字，於是愛麗絲對著我朗讀紙上的內容。

「執法機關柊木，捉拿懸賞要犯『魔王緹莉絲』。懸賞金五萬枚金幣。」

正在喝茶的緹莉絲狂噴出杯裡的茶，雪諾就用剛才遞出的那張紙若無其事地阻擋飛濺液體。

「恐怕就是前陣子那個間諜女搞的鬼！她用高額賞金通緝緹莉絲殿下，試圖讓部下造反！在下雪諾雖然知道自己見錢眼開，唯獨對緹莉絲殿下赤膽忠心！在無法相信任何人的此刻，請讓我重回騎士團長之位吧！請相信我，緹莉絲殿下，除了錢和魔劍以外，我也熱愛權力！這種危急時刻下，像我這種女人反而比空口白話之輩更能信任！」

她滔滔不絕地提出這種不知能否說服人的理論，不過到了這個節骨眼，在某種意義上，她或許是更爽快的人。

緹莉絲臉頰抽搐地瞪著通緝令，並對拚命訴說的雪諾微微露出苦笑。

「包含雪諾在內，我相信這座城裡的人不可能謀反……但最近貴族圈內確實開始有人對我的施政有怨言。要是過於譴責加以管束也不太妥當，但置之不理也會引發問題……」

「可惡，所以我才討厭這些只顧自身名譽的貴族！緹莉絲殿下的施政無可挑剔，他們到底有什麼怨言啊！」

「是因為妳最近闖太多禍，才會被這些貴族盯上吧。」

愛麗絲這句吐嘈讓雪諾的眼神變得飄忽不定，而我目不轉睛地看著通緝令。

『吶，愛麗絲。五萬枚金幣換算成地球貨幣的話，大概是多少錢啊？』

『這一帶流通的金幣一枚約三十克重，粗估也有上百億圓吧。』

聽到這句話，我馬上安靜下來。見狀，緹莉絲默默地躲在雪諾身後說：

「用這個語言談完後馬上陷入沉思的樣子讓我非常不安……」

當緹莉絲表現出警戒狀態時——

通報危險的鐘聲頓時傳遍葛瑞斯王國的大街小巷。

2

率領葛瑞斯王國軍的雪諾雖然臉頰微微抽動，卻還是大聲疾呼：

「或許你們已經聽說了，等一下我們的對手就是毫無智慧可言的巨大魔獸！我們人類的武器是有智慧的！沒必要正面對戰！只要用大型遠距武器從遠處擊退對手，應該就不會釀成災害！」

前陣子闖了一堆禍，這次又被抓到非法舞弊情事，雪諾早已失去了周遭眾人的信任。此時她彷彿想洗刷汙名似的奮力虛張聲勢。

我覺得讓這個缺德騎士當魔獸討伐的指揮官有失妥當，沒想到這女人指揮軍隊的能力似乎廣受好評。

據緹莉絲所說，雪諾從原本的貧民窟平民階級一路高升，因此能洞察下層士兵的心思，擅長鼓舞士氣。

她在權力鬥爭中一路披荊斬棘，過程中拓展了貴族與騎士的人脈，所以也很會對付這些自視甚高的人。只要忽略她腐敗的本性，其實算是相當稱職的指揮官。

「喂，愛麗絲，那傢伙聲音有點顫抖耶，沒問題吧？是不是因為太久沒打仗嚇到了？」

「就當作是臨戰前的興奮表現吧。若能在這次任務中取得功績，她就能重回近衛騎士團長之位。對她來說，可是這輩子絕無僅有的關鍵之戰啊。」

──和緹莉絲對談期間響起的那陣警鐘，是在提醒有隻巨大魔獸正在逼近本國國境。

沒想到亞德莉這麼快就動手了，但緹莉絲也立刻命令在場的雪諾前去擊退或捕獲這隻巨大魔獸。

如果任務成功，如月的調派令就會取消，也能擺脫目前飄忽不定的立場，重回緹莉絲的專屬騎士之位。

反之，若在這場任務中又犯下什麼失誤……

「讓她變成如月的正式職員？如月可不是寄放廢物的地方耶。」

「話雖如此，要是她這次也毫無表現，就會被炒魷魚了。雖然缺點很多，但她還是有一定程度的戰鬥能力，收編她也行。況且非法舞弊也算是出色的惡行，我們也無可挑剔。」

聽到我下意識的低語，愛麗絲如此回答。

……也是。雖然雪諾是那副德性，但她長得漂亮，武藝也十分精湛。

就算她因為非法舞弊被盯上，但我們可是邪惡組織如月。

這麼心想，就覺得稍微犯法也無所……

「……不對，雖然有種快要被說服的感覺，但那個女人的違法次數已經超過莉莉絲大人了。我雖然在邪惡組織任職多年，看到她也要退避三舍耶。」

這根本不是「稍微犯法」的程度。

雪諾這位後起之輩的前科已經多到不能等閒視之了。

「在未開化的蠻荒之地，賄賂可說是理所當然，但那傢伙根本不知收斂。一旦賄賂金額拉高，正常人都會心生畏懼及時停手，但她的欲望卻是個無底洞。被沒收的財產總額在葛瑞斯王國都能買下一棟豪宅了。」

初次見面時那個美麗大方的雪諾，到底消失到哪裡去了？

非法獲取的財產被沒收時，雪諾哭著對愛麗絲苦苦哀求的那副醜態根本無法想像是同一個人。

「雖然她收取賄賂，還會跳過中盤商直接跟客戶交易，但她確實治理有方，所以才棘手。不知為何，業者、居民和勞工階級都將她視為明君。明明沒有為了降低材料費不惜偷工減料，她怎麼能用那種低廉的價格發包工程……」

……只要跟錢扯上關係，她就會發揮出難以置信的實力。

對如月來說，這樣多少有點賺頭。或許能繼續把這些工作交給她？

話雖如此，要是她擅自挪用公款中飽私囊，就算再有賺頭也只是犯罪罷了。

如月不太推崇侵占公款這種惡行。

「前方就是葛瑞斯王國的國境線了！各位不要鬆懈，繃緊神經……！」

騎在獨角獸身上的雪諾在前方領軍，對跟隨在後的士兵大聲喊話。

再不想想辦法，就要從欠錢騎士轉職成犯罪騎士了，難怪她會這麼拚命。

士兵們正在把攻城用的投石機和弩砲拖到戰場，而我走在雪諾率領的軍隊後方，和他們隔了一段距離。

如月派出的增援陣容有我、愛麗絲和前魔王軍那些人。

格琳和蘿絲並不在場。其實今天一早醒來，我就發現格琳隨隨便便死了。

由於死亡現場放有稻草人和五寸釘，於是我判斷這是新型態的自殺手法。

雖然不知道是哪個傢伙教了她日本式的詛咒，但要等格琳復活後，才能問出她到底想詛咒誰了。

蘿絲把格琳的遺體搬到洞窟進行復活儀式，而其他那些戰鬥員同僚這次負責留守基地。

這個巨大魔獸現身的消息很可能是聲東擊西。

畢竟在偵察部隊回傳的報告中，巨大魔獸應該在看守托利斯才對。

那就可以想見，敵方可能會操縱魔獸。

愛麗絲已經將這次的巨大魔獸判定為柊木那些傢伙的生化武器了。

我看著不斷往前的軍隊，向走在一旁的前魔王軍幹部說：

「對了，我忽然想到一件事。一般來說，操控魔獸戰鬥不是魔王軍的拿手絕活嗎？仔細想想，我從來沒看過你們表現出魔王軍幹部的樣子耶。」

「「！」」

原本步伐無精打采的兩位前幹部聽到這句話都愣住了。

「你、你剛剛說什麼？你說我們怎樣？」

「剛才那些話實在不能置若罔聞。我應該有十足展現出幹部的感覺吧？喏，之前跟六號戰鬥的時候，我不是操控在遺跡發現的巨大兵器，把你逼到瀕死狀態嗎？」

雖然海涅跟羅素都大感意外地這麼說……

「海涅每次見到我的時候，都只會淪落被玩弄的下場。至於羅素，你根本就是負責送死的砲灰吧。那個土什麼的傢伙感覺最像幹部。」

我這番誠實的感想讓海涅和羅素停下腳步。

「……我從以前就有這種感覺，你是不是太瞧不起我們啦？」

「嗯，這陣子跟你混得太熟，你好像忘記我們的身分了。我說六號，你知道我們現在有兩個人嗎？」

半裸奴隸和女僕合成獸想用這種話嚇唬我。

「小瑟、小瑟，這兩個人居然敢頂撞我這個上司耶，妳能不能罵罵他們啊？我只是說操控魔獸是魔族的本領而已耶。」

「那、那個……六號先生好歹是你們的上司，不能因為一點小事就反抗喔。」

「六、六號，你太奸詐了！這跟杜瑟大人無關吧！」

「對、對啊。先挑釁對方再去告狀，你是小孩子嗎！堂堂正正一決勝負啊！」

……站在羅素面前的我用力掀起他的裙子。

「欸！怎、怎麼當著眾人的面……」

趁羅素慌慌張張壓住裙襬的空檔，我立刻繞到他身後。

然後直接使出裸絞攻擊。

「喂，六號，羅素口吐白沫了！好好好，我承認你比較強，快點放手！放手啦！」

「六、六號先生，請你手下留情！對小女僕鎖喉的畫面太衝擊了……！」

對女僕合成獸狠狠鎖喉，讓他明白上下關係後，我心滿意足地擦去汗水。

「羅、羅素只是個孩子，你卻還是對他這麼殘忍……而且他外表這麼可愛……」

「羅素老是穿著那身衣服行動自如，妳反而該擔心他才對。這傢伙被掀裙子的時候，反應已經跟女孩子沒兩樣了。」

可能無法對前下屬置之不理，杜瑟將昏迷的羅素揹了起來。就在此時——

雪諾率領的軍隊中，有些人開始吵嚷並陷入恐慌。

我往該處看去，想確認發生什麼事。

「巨大魔獸出現了——！」

只見前往偵查的士兵頓時放聲大吼——

——雪諾的聲音響徹四周。

「所有人進入備戰狀態！讓對方瞧瞧葛瑞斯王國的氣魄！」

雪諾的雙眼因激動而布滿血絲，但聽到雪諾的命令後，那群士兵的動作依然遲緩。

對方不是威脅家人性命的侵略者，而是巨大魔獸。

沒錯，就算放著不管，牠也未必會危害葛瑞斯王國。

雪諾對看似毫無幹勁的士兵們大喊：

「我懂你們的心情，在同樣的狀況下，我也會提不起勁！你們是不是覺得跟魔族之間的戰爭結束了，大可不必勉強自己戰鬥？我完全明白這種心情！但戰爭結束意味著什麼？我希望你們好好想一想！」

聽到雪諾萬分著急的嗓音，那些士兵有些疑惑。

「再這樣下去，軍隊會面臨縮編，當然也會被砍預算。若真如此，在場的各位當中會有多少人慘遭解僱啊……」

聞言，士兵們立刻臉色大變。這時雪諾用力舉起一隻手。

「但我在此宣布！如果能打敗這隻巨大魔獸，我會跟這個國家的上級大力宣揚你們的必要性！就算討伐失敗，我也會盡全力將勇敢迎戰的人踢出裁員名單！」

士兵們雙眼一亮。

「你們在軍中服務多年，事到如今能勝任其他工作嗎？有實力的人自然有辦法……但請你們想想辭去軍職帶來的種種缺點！走在街上的時候也好，去酒吧小酌的時候也好，只要士兵出現，人民必定讓道，酒吧老闆給的優惠應該也會比其他人還要多！擁戴戰爭期間的士兵是絕對法則，現在才剛停戰沒多久，應該也要維持這種禮遇才對！」

雪諾真的很會對付士兵。

雖然她說的內容低劣至極，但原本毫無幹勁的士兵們都開始揮拳高喊了。

「要向人民展現我們的必要性！打倒魔獸，受到萬民擁戴吧！身受重傷的人就能拿到撫卹金！打敗魔獸凱旋歸國後，就有財富和名譽等著我們！」

在名譽之前先提財富雖然是雪諾的風格，不過看到那群士兵的表情，看來效果奇佳。

「我們上————！」

雪諾以單騎之姿勇猛突擊，士兵們也大吼一聲，跟在她身後奮力往前衝——！

3

「撤退！撤退——！」

不到五分鐘，這位敗犬騎士就逃回來了。

這一幕像極了馬上收尾的四格漫畫，我傻眼地低聲說道：

「……喂，愛麗絲，妳相信嗎？那傢伙姑且是我們的實習戰鬥員耶。」

「如果根本打不贏對方，在尚未出現死傷的狀況下立刻抽身，也是必要之舉……以戰鬥員來說，確實有點不像話啦……」

被巨大魔獸打敗後，鎩羽而歸的王國軍頓時作鳥獸散。

好不容易整隊完畢後，雪諾往這裡衝過來。

「喂，六號，你在幹嘛！你們也過來打魔獸啊！」

被巨大魔獸蹂躪過後，變得渾身泥濘的雪諾大聲嚷嚷。

……我看了一眼在遠處作亂的巨大魔獸。

「雖然妳說是魔獸，但那怎麼看都是貓吧。」

沒錯，那就是一隻貓。

儘管體型大得離譜，但怎麼看都是隻白貓。

愛麗絲看著那隻巨貓，忽然恍然大悟地拍手說：

「原來如此，偵察部隊報告裡提到的那隻鎮守托利斯的虎形魔獸就是牠吧。」

「這哪是虎型，是貓型吧。牠從剛才一直用前腳拍打王國軍，看起來只像在玩而已。」

或許是四處逃竄的士兵激發了牠的野性本能，我們眼前出現了巨貓正在追趕掃蕩士兵的詭異畫面。

巨貓前腳踩著士兵的背，彷彿在宣示勝利般叫了一聲。

「喵～！」

「看吧，牠的叫聲是『喵』耶！果然是貓沒錯！」

我指著巨貓大喊，雪諾極力爭辯道：

「管牠是貓還是老虎，快去打倒牠啦！這傢伙跟以前打過的砂之王一樣，遠距武器好像都對牠不管用！」

「咦咦……」

之前被我們幹掉的砂之王拜這世界特有的神祕力量所賜，槍砲和投擲武器都對牠沒效。

放眼望去，士兵們拖過來的那些攻城武器雖然有成功命中目標，卻毫無用處。

那我身上這把反器材步槍也無用武之地了……

「我可不想跟那麼大隻的對手打肉搏戰。況且跟牠打，我也毫無勝算……」

「你平常不是很威風嗎，今天是怎麼回事？剛才還笑我們是送死的砲灰耶。」

海涅這麼說，並往杜瑟背上的羅素臉頰拍了幾下想把他叫醒，用稀奇的眼神看著我。

杜瑟可能打算親自上場，便將羅素輕輕放在地上。

「我做不到。我以前養過貓，沒辦法攻擊。」

「都到這個節骨眼了，你在胡說什麼啊！我承認牠很可愛，但怎麼能放任凶暴的魔獸繼續作亂呢！」

雪諾雖然開口吐嘈，但她也說貓咪很可愛啊。

之前莉莉絲也因為曾養過麻雀，無法狠下心攻打巨大麻雀「空之王」而拒絕參戰。此刻我終於明白她的心情了。

似乎放棄叫醒羅素的海涅開口說道：

「因為有點可愛就打不下去，這是什麼傻話啊？等著瞧，我待會兒就跟杜瑟大人一起幹掉牠，讓你們好好見識魔王軍的實力！」

「咦？」

看到杜瑟跟幹勁十足的自己完全不同，嚇得驚呼一聲，海涅急忙問道：

「……杜、杜瑟大人？」

「沒、沒什麼！是、是啊，讓他們看見我們的實力，就能彰顯出魔族的價值。為了魔族，為了對我們照顧有加的如月，這時我該狠下心來……！」

今天杜瑟身上不是平常那套魔王服，而是怪人毒蛇女款式的戰鬥服。

巨貓好像也發現氣勢洶洶衝上前的杜瑟跟她身後的海涅了。

杜瑟轉眼間就和巨貓拉近了距離。

「……唔！這難道是可愛又迷人的魔法……！」

「這傢伙哪會用魔法啊，杜瑟大人！您該不會心軟了吧！」

杜瑟高舉向上的拳頭戛然而止，還被海涅狠狠吐嘈。

杜瑟是如月現階段的最強戰力，所以才會帶她過來，沒想到瞬間就慘遭攻陷。這下已經無計可施了。

……不對，還有兩個人還沒放棄。

「不必勞煩杜瑟大人出面了！讓我來收拾你！」

「很好，海涅，妳就從正面分散牠的注意力！我也會用灼熱劍火焰強擊配合妳的攻擊屬性！」

這兩人以前是敵對關係，如今卻像這樣互相協助，抵禦巨大外敵。

她們的英姿根本不像戰鬥員，而是我們的同業競爭者英雄……

「喵～！」

「啊啊！海涅！雪、雪諾小姐！」

她們正準備挺身對抗，就被巨貓一掌打落在地。

巨貓的攻擊遠看就像在跟她們撒嬌，但因為身形巨大，光是被摸一把就會造成重傷。

兩人趴在地上一動也不動，杜瑟急忙跑到她們身邊。

「我說愛麗絲，不管是地鼠、麻雀還是貓，這些對手為什麼會讓我們陷入苦戰啊？我們可是實打實幹的邪惡組織耶。」

「光是體型龐大就夠犯規了。但足以對抗的毀滅者在擊退砂之王和拉起鑽地朗等任務中耗盡了燃料，只能請海涅幫忙充電了……」

為了對抗英雄操控的巨大機器人，如月的怪人都身懷巨大化這個絕招，但目前被派來這顆星球的怪人就只有虎男而已。

然而這位最重要的虎男卻在周遊各地。

……當巨貓的目光被四處逃竄的士兵吸引時，杜瑟扛著雪諾和海涅走到我身邊。

「六號先生、愛麗絲小姐。我會想辦法對付牠，這兩位就麻煩你們照顧了。」

將扛在肩上的兩人放下後，杜瑟轉頭看向大肆作亂的巨貓。

「妳說會想辦法對付，但妳要從何下手？小瑟，對方體型那麼大，我猜連魔王拳也無法給予致命打擊喔。」

「不，現在我身上有最終絕招。變成怪人毒蛇女後，只要我被逼到只剩一口氣……」

喂，不會吧……

「小瑟，妳也會巨大化嗎？」

「是的。變成如月幹部時，莉莉絲大人就為我進行了改造手術。」

說完，杜瑟露出若無其事的笑容。這時海涅虛弱地撐起身子說：

「杜、杜瑟大人……我怎麼沒聽說這件事……杜瑟大人，不准去，請您不要再為魔族犧牲自己了！」

海涅露出泫然欲泣的悲愴神情苦苦哀求。

可是……

「吶，海涅。以六號先生為首的如月全體成員，都對我們付出了難以回報的恩情。我想成為大家的力量。別擔心，我這條命是六號先生救回來的，我也沒打算送死……巨大化這個絕招確實會縮短壽命，但也不會當場死亡……這樣我就能毫不猶豫地行動了。」

杜瑟毅然決然地這麼說，表情無比清朗。

她帶著心意已決的神情，昂首闊步走向巨貓跟前，但海涅朝她的背影大喊——

「杜瑟大人，您的決心實在令人欽佩！但您不惜賭上性命戰鬥的對手，卻是這種可愛又悠哉的生物！萬一您就此喪命，就會留下『前魔王與巨貓激戰後不幸身亡』這種紀錄啊！」

「……我、我不會死啦，海涅。所以別說這種會讓我決心受挫的話。」

杜瑟變得有些猶豫時，我發現一件大事。

「小瑟，不能讓自己巨大化！要是在這裡巨大化的話……」

「……？這裡是近國境的荒野，就算巨大化後大鬧一場，也不會對四周造成災害……」

杜瑟疑惑地轉過頭這麼問，但愛麗絲已經察覺我想說什麼了。

「原來如此。外表是野獸型態的怪人也就罷了，要是外表跟人類沒兩樣的杜瑟巨大化，後果會不堪設想。而且這裡也沒有任何遮蔽物。」

「對啊，小瑟！巨大化之後，妳的衣服會被撐破，變得一絲不掛啊！」

「請、請您三思啊，杜瑟大人！這裡還有很多人！」

聽了這些話，杜瑟雖然雙肩震顫，卻還是繼續往前走。

「……若能回報各位的恩情，區區全裸又有何妨……」

「小瑟，妳的聲音在顫抖啊，巨大化真的不是個好辦法！身體變大後，不僅遠處也能看得一清二楚，由下往上看的畫面更是糟糕……」

「不要說得鉅細靡遺，杜瑟大人都嚇到不敢動了！」

杜瑟當場摀著臉蹲下。被我們晾在一邊的巨貓用鼻子哼哼噴了幾聲，開始張望四周。

結果牠的視線前方……

「哈哈哈哈哈哈！怎麼樣，對這個很好奇吧！得知托利斯現在有隻虎型巨大魔獸時，我就事先準備了這個法寶，以備不時之需！」

不知何時復活的雪諾在跟我們有段距離的地方打開某個袋子。

只見白色粉末從透明塑膠袋飄散出來，巨貓也牢牢盯著那個粉末。

搞什麼，那女人居然敢對那種可怕的東西下手……！

「……那些飄散的粉末是木天蓼吧。這傢伙居然把虎男珍藏的木天蓼粉帶出來，虎男回來之後一定會大發雷霆。」

「那女人的手腳真不乾淨，實在無法想像她以前是騎士。我覺得她轉職做盜賊都比騎士適合。」

聽說她是在貧民窟長大的，說不定以前真的當過小偷。

不久後，巨貓腳步蹣跚地走向不斷散布木天蓼粉的雪諾……

「六號你看，難得雪諾表現得這麼優秀，看樣子木天蓼粉真的有用。」

「真的耶。那傢伙最近完全變成來收尾的角色。」

「雖然我這魔族沒資格說這些話，但你們講話還真毒。」

看到巨貓發出奶音在雪諾腳邊打滾的模樣，正在逃竄的士兵似乎都鎮定下來了。

士兵集結成小隊後，又繼續集合擴大陣仗。人數到達中隊規模後，他們以列隊方式將被雪諾馴服的巨貓團團包圍。

見士兵手上拿著綁繩魚叉和拋網，看來是我們先前跟緹莉絲報告砂之王的戰鬥結果成功發揮了作用。

儘管周遭士兵逐步進入備戰狀態，巨貓依然對木天蓼粉深深著迷。

可能是看到這一幕覺得安心了，一臉得意的雪諾往這裡走來。

「怎麼樣啊，我這輝煌的戰功！喂，六號，你平常也滿照顧我的，這次的功勞可以分你一半喔！」

「……妳擅自拿了虎男先生的木天蓼粉，想把我拖下水對吧？那傢伙對蘿莉以外的人不會手下留情，別把我算進去。」

雪諾目不轉睛地看著還在地上打滾的巨貓。

「……雖然我才十七歲，但應該沒辦法靠年齡這個理由，讓他把我當成小孩子吧？」

「在妳身上根本找不到小孩那種純真感，想靠外表應該也行不通……哦，好像要開始抓嘍。」

士兵們同一時間丟出手上的拋網，但對木天蓼粉無可自拔的巨貓還在用鼻子哼氣，對纏在身上的網毫不在意。

——當眾人認為任務就要成功之時。

「報告！遠方確認到神祕軍隊的影子！……不過那是什麼？他們坐在奇怪的東西上……」

負責戒備周遭的一名士兵滿臉困惑地對雪諾回報狀況。

「坐在怪東西上的軍隊？……原來如此，是那個叫亞德莉的女人的傑作吧。先讓鎮守托利斯的巨大魔獸過來當護盾，他們緊接在後發動攻擊。負責抓捕魔獸的人繼續作業！剩下的士兵重新整隊迎擊！好，這次一定要展現葛瑞斯王國的實力……」

下達合理的指示後，雪諾轉頭看向士兵回報的那支軍隊……

「……喂，六號，那是什麼？你們偶爾會用的那種奇妙交通工具，他們有超多台耶。」

「不管怎麼看都是車啊，而且還是戰車……喂，愛麗絲，這下嚴重了。他們為什麼會有近代武器啊？」

眼前那片廣袤荒野中，居然有幾十台戰車朝著我們直衝而來。

車上沒有砲塔，那應該是運送士兵的裝甲車。

「我在會議上說得很清楚吧。占領托利斯的神祕對手恐怕擁有超越地球的技術、近代武器或生化武器。畢竟他們在一夕之間攻下托利斯，其中或許有些蹊蹺，但侵略這顆星球的難度變高了。」

既然有戰車，當然也會有槍砲類武器，這一點可以想見。

如果對方人數用幾十台戰車就能載運，那我方還是略勝一籌。無奈裝備等級相差太懸殊，要是他們還會用機關槍，就只能被單方面鎮壓了。

最重要的是，戰車上那幾個敵人的服裝，跟亞德莉身上那一套非常相似——

一發現這件事，愛麗絲馬上大喊：

「撤退！」

說完，愛麗絲馬上拿出傳送裝置，在便條紙上草草寫了些什麼。

「什……！等、等一下愛麗絲，討伐巨大魔獸的任務好不容易要成功了！雖然不知道那支軍隊有多強，但如果能爭取一些時間收服魔獸……」

雪諾不想錯過這個難得的立功機會，拚命死纏爛打。我斬釘截鐵地對她說：

「那群人的個別實力可能都跟我們這些戰鬥員不相上下。」

「撤退！」

雪諾毫不猶豫地對士兵下達命令。

這傢伙對功績的渴望堪稱無人能及，但她尚未與對方交手，就能馬上做出撤退的判斷。在指揮官的才能方面，她還是十分優秀。

雖然只差一步就能成功收服巨貓，士兵們還是馬上聽從雪諾的命令。一定是因為每天都有徹底執行訓練。

「喂，雪諾。原來妳的成就不是只靠人脈、金錢跟肉體闖出來的啊？」

「在這種狀況下，你為什麼要突然損我啊！算了，裝備輕便的人去幫幫那些跑太慢的人！重裝備就邊逃邊扔！這樣也能絆住敵軍的腳步！」

雪諾正確實地履行指揮官的工作。另一方面，杜瑟抱起依然翻著白眼、癱軟昏迷的羅素，將他交給海涅。

「我去殿後。海涅，這孩子就拜託妳了。」

「咦！等等、杜瑟大人！」

杜瑟丟下這句話，就跑向葛瑞斯軍的最尾端。

「哦哦……雖然是邪惡組織的人，但怪人毒蛇女小姐不愧是幹部，真是個優秀的人才。不僅驍勇善戰，連行政工作都能勝任。除了深受魔族擁戴，還有辦法籠絡前魔王軍幹部，讓我不得不俯首稱臣啊……」

「妳、妳在說什麼啊？她當然會身受魔族擁戴啊……唔咕！」

我摀住海涅的嘴，在她耳邊低語道：

（這個白髮女還沒發現毒蛇女就是小瑟啦。戰鬥員之間還在賭她什麼時候會發現呢，所以別多嘴。）

（在這種狀況下，是要多瞎才會看不出來啊。不，若她發現杜瑟大人的真實身分，感覺會無禮頂撞，保密倒是無妨……呃，我還有更要緊的任務！）

說完，海涅就把懷裡的羅素硬推給我，慌慌張張地跟在杜瑟後頭。

「我也跟杜瑟大人一起去殿後，麻煩你照顧羅素！我會盡可能爭取時間，所以你也要讓我多休幾天喔！」

自顧自說完這些話，海涅就從掌心生出火焰，衝了出去。

「打扮怪異的可恨人類……！我乃前魔王軍四天王之一，炎之海涅！雖然不知道你們是打哪兒來的傢伙，但別想過我這一關！」

海涅露出魔族特有的稍長虎牙，對步步進逼的軍隊發出怒吼——！

4

在基地小鎮入口處等待隊友歸來的蘿絲，一看到我們就高聲喊道：

「杜、杜瑟小姐？海涅小姐！還有順帶的羅素先生！」

蘿絲看到滿身瘡痍的杜瑟用公主抱的方式摟著昏迷的海涅和在我背上仍未清醒的羅素。

由於裝備極強的神祕軍隊來襲，在杜瑟和海涅拖住對方的這段期間，王國軍也在雪諾的指揮下開始撤退。

隨後，我跟愛麗絲用如月傳送過來的光學迷彩隱去身形躲藏起來，以便在杜瑟她們危急時出手相救。然而——

「我們沒事。海涅跟羅素只是昏過去了，傷得也不嚴重。」

杜瑟對上前迎接的蘿絲溫柔一笑，似乎是想安撫她的心情。

王國軍也因為沒有和那支軍隊開戰，只有抓捕巨貓時受了點傷，因此在毫無死傷的狀況下回到王城。

得到超強魔導石的海涅似乎學會了新的招式。雖然她放出灼熱的火焰射線摧毀兩台戰車，卻也遭受類似泰瑟電槍的武器電擊，如今昏迷不醒。

結果傷得最重的人是……

「小瑟的傷勢最嚴重，妳先把海涅交給蘿絲，趕快去醫務室吧。我知道妳很強，但也不能勉強自己喔，小瑟。妳剛才差點就讓自己巨大化了。」

「對、對不起，六號先生……我身為如月幹部，竟一時大意被他們搶得先機……」

——杜瑟獨自站在逐步逼近的軍隊前方，對堅固的戰車毫無畏懼，果敢使出名為魔王拳的飛踢。

神祕軍隊用打昏海涅的泰瑟電槍攻擊杜瑟，卻沒有任何效果。他們對此大感震驚，戰車還接二連三被杜瑟踢翻。無奈之下，他們這次改用真槍實彈攻擊。

杜瑟利用延緩時間的技能觀察子彈流向，再用護手把子彈打回去，行動非常驚人。救回海涅後她便立刻撤退，並以自己的背部為盾。

她用背部擋下無數子彈，好不容易和用光學迷彩隱去身形的我們會合，才會傷成這樣。

「杜、杜瑟小姐，妳背上的傷勢太嚴重了！先把海涅小姐交給我，趕快去治療吧！」

見蘿絲連忙接過海涅，杜瑟露出一抹微笑。

「只是因為怪人服裝處處破損，看起來才會這麼嚴重。如妳所見，我平安無事。蘿絲小姐，謝謝妳替我擔心。」

杜瑟雖然一臉淡然，但她其實才剛把好幾個子彈取出來，還施打了治療用奈米機器。看似完成了再生治療，但內部傷害和流失的血量仍不容小覷。

她現在應該連站著都很辛苦，但當著蘿絲和魔族的面，她還是不想讓眾人擔心吧。

「大家都傷得這麼嚴重，對方到底是何等強敵啊？連同族的羅素先生都被打敗了，我又能做出什麼貢獻呢……」

蘿絲的表情變得凝重，但讓羅素昏迷的人其實是我。

這時，愛麗絲搖了搖頭，似乎不認同蘿絲的說詞。

「對方確實很強，但他們還沒使出全力，反而對撤退的王國軍沒什麼興趣。真要說的話，他們的注意力都放在差點被抓住的巨大魔獸身上。」

「這麼說來，他們雖然每個人都有槍，卻只攻擊小瑟一個人。」

而且亞德莉不在那支軍隊之中。

亞德莉可能因為有諜報任務在身無法參戰。若非如此，他們根本沒理由不讓那個武藝高強的女人加入戰鬥。

……我正在研究敵方勢力的神祕行動時。

「不好意思，能不能讓我休息一下？」

可能是因為失血過多，杜瑟一臉慘白地低聲詢問。

「不只一下，妳現在得好好靜養。我是六號小隊的軍醫，醫生說的話要乖乖聽才行。」

「……好。後續就麻煩妳了，愛麗絲小姐。」

聽到愛麗絲的叮囑，杜瑟便走向基地的醫務室，中途卻猶豫了一會兒，眉頭緊皺地停下腳步。

「……那個，六號先生。」

杜瑟面有愧疚地轉過頭喊了我一聲。

「哦，衣服背後全裸變得越發性感的小瑟，怎麼了嗎？」

「咦？很性感？身為邪惡女幹部，我應該感到開心嗎……不，這不是重點……」

被我調侃後，低著頭的杜瑟抬眼望向我。

「你不僅願意收留魔族，還救了我的命，甚至還僱用我為幹部……難得有機會報答恩情，我卻交出這麼窩囊的成績，真的非常抱歉。」

杜瑟說完後低頭道歉。但我覺得她反而是表現最好的那個人。

「別這麼說，小瑟做得很好。妳是組織當中最認真的成員，每天都工作到很晚吧。大家都覺得妳太拚了，很擔心妳呢。」

這次如果沒有杜瑟出面殿後，恐怕會有人不幸喪生。

在撤退戰中，負責殿後的人風險最大。

大家雖然嘴上沒說，其實都很感謝率先扛下這個工作的杜瑟。

滔滔不絕說完這些話後，杜瑟帶著有些靦腆的表情，搖搖晃晃地走向醫務室。

杜瑟拖著有氣無力的腳步往前走，而我看著她那背部裸露的嬌小身影不發一語。這時愛麗絲開口道：

「身為搭檔，我知道你現在在想什麼，但我們得先去王城一趟。之後再讓你去幫杜瑟報仇。」

我們這位優秀的仿生機器人似乎學會如何讀取他人想法了。

上次我沒能相信她到最後一刻，這次我一定要對搭檔堅信到底。

5

我跟愛麗絲來到王城時，城門前的氛圍有些動盪。

「讓緹莉絲殿下出來！充斥市面的水精石是怎麼回事？我們跟托利斯應該已經斷交了

吧？如果重新開放進口，請委任我們經銷好嗎！王家壟斷貨源的行為太卑鄙了！」

「戰爭不是結束了嗎？聽說去討伐巨大魔獸的士兵跟來歷不明的軍隊交火了，此話當真？稅金是不是又要調漲了？」

「謠傳緹莉絲殿下就是魔王，但我不在乎！緹莉絲殿下，我愛您！只有我會陪您到最後一刻！」

「有傳聞說能帶來雨水的古代文物已經修好了！但王家為何還不舉行祈雨儀式！請為我等領地降下甘霖吧！」

城門口有一群看似貴族的人，不停央求跟緹莉絲會面。

照理來說，貴族不會被拒於門外，但唯獨今天狀況不同。

「王國軍剛剛回城！請各位擇日再訪吧！」

「城裡的職員都忙著為士兵療傷！所以無法請負責人出面回應，非常抱歉！」

士兵縱然拚命阻擋，但對方的身分還是比較高貴。

他們無法大聲威嚇，這些貴族也無意打退堂鼓。

「現在王城發布了緊急事態宣言，任何人都不能進城！各位請回吧！」

雖然門衛兵不斷大聲呼籲，卻沒有一個貴族聽得進去。

「王八蛋，區區一個小兵竟敢對我有意見！太不像話了，滾一邊去！你們的負責人是誰，把他帶過來！」

當一名貴族惱羞成怒地推開士兵，想要強行通過時。

「我就是負責人，有問題儘管開口。」

雪諾從正門口現身，可能是聽見吵嚷聲才趕過來的。

『喂，愛麗絲，是不是不太妙啊？貴族好像想造反……』

『雖然現階段應該不能馬上緩解，但貴族似乎積怨已深。處事精明的公主居然會管不住他們。再這樣下去，場面應該會失控。』

在遠處觀看騷動的我跟愛麗絲事不關己地這麼說。這時，在逼問門衛的貴族中感覺地位最高的一名男子勾起一抹不懷好意的笑容對雪諾說：

「聽說雪諾閣下領軍討伐魔獸，卻以失敗告終啊。這究竟是妳第幾次失敗了呢……」

「我記得你是……啊，是跟板球商會交情甚篤的哈瓦德家的當家啊！板球商會很不錯吧，那位會長經常送禮給我，所以我對他印象很深！是啊，我也跟他十分交好呢！」

那名貴族對雪諾的敗績大肆嘲諷，雪諾卻笑著丟出了震撼彈。

『這女人真厲害，不僅用迂迴的說法揪出對方的非法行徑，還故意表示自己也是一丘之貉。如果再繼續挖雪諾的黑料讓她站不住腳，她可能會全盤托出，把那個貴族也拖下水。太精采了，遇到這種事她就變得很機靈。』

『我已經快被她嚇死了。被雪諾纏上的貴族都不敢吭聲了耶。』

這女人果然性格扭曲，吵架功力堪稱一絕。

被雪諾找碴的那名貴族露出尷尬的笑容僵在原地。

「哎呀，既然都跟同一個商會有特定往來，您能不能對這次的失敗高抬貴手呢？現在王城上下忙得不可開交，若您能擇日再訪緹莉絲殿下……」

「好、好吧，既然是雪諾閣下的要求，我自然不會拒絕！哈哈哈哈哈哈！」

蠢蛋是當不了貴族的。

雪諾手上還有好幾個未爆彈沒丟出來。意識到與她為敵沒有好處後，原本咄咄逼人的貴族都露出諂媚的笑容，倉皇離開現場。

「——受不了，在這種緊急時刻又碰到麻煩的傢伙搗亂。緹莉絲殿下現在根本沒空管他們好嗎……」

把貴族趕跑後，雪諾帶我們去找緹莉絲，沿途抱怨連連。

「喂，這個國家的貴族從以前就這麼跋扈嗎？跟魔王軍交戰時，我覺得貴族的存在感比現在還要低耶。」

「不，他們最近才開始拚命出頭。可能是看我出身平民卻一路晉升覺得不爽，只要我犯一點點小錯，就會被他們指著鼻子罵。但也不至於像這樣衝到王城來抗議啊。」

妳惹的禍應該不是「一點小錯」的程度吧。

「對了，城內的警備是不是更森嚴了？雖然覺得不太可能，難不成是我們家戰鬥員十號又惹事了嗎？」

前往緹莉絲房間途中，我們跟幾名士兵擦身而過。他們的表情都不同以往，各個提心吊膽。

「那些貴族本來就對緹莉絲殿下積怨已久，我們擔心他們看到被緹莉絲殿下的懸賞金額會一時沖昏頭失去理智，才會加強警備。跟魔王軍交戰時，他們還慶幸有緹莉絲殿下這樣的掌權者呢……」

「恢復和平生活後，就覺得賢明的公主殿下很礙眼嗎？看來每個世界的世道都很艱困啊……」

這時，一直沒吭聲的愛麗絲開口了。

「亞德莉那傢伙真有一套。營造出正義夥伴熱心助人的假象，實際上卻在策劃內亂陰謀。還故意把自己裝得很笨，將每件任務都做得漏洞百出。」

「……真的假的，那傢伙看起來沒這麼聰明耶。」

沒錯，真要說的話，她的智商應該跟我和蘿絲差不多。

「到處分送水精石也是同樣的道理。在外人眼中，只覺得她是個想幫助別人的大善人吧。透過大量散布難以進口的水精石，在人民心中深植懷疑公主的惡根。對貴族來說，感覺就像王家壟斷了水精石的貨源。這一切都是計劃好的。」

不會吧，在我看來，她就只是不假思索地到處散布而已……

「不是有個貴族知道古代文物修復完成的消息嗎？雖然不曉得他從何得知，但亞德莉應該將這項情報連同水精石一併散播出去了。之後再到處宣傳『緹莉絲公主靠採購水精石大賺一筆，根本不想啟用修繕完畢的古代文物！』。」

因為想讓緹莉絲說出那句祝禱詞，我好像跟很多人說過古代文物已修復的消息，但應該不是我造成的吧。

「原來如此……那女人是個超級大騙子啊。這樣的話，她選在那個時候告發我的非法行徑，把水晶球交給緹莉絲殿下，也都是因為……」

「沒錯，亞德莉以妳為誘餌，故意掀起騷動，將緹莉絲引到人多的地方，最後讓她在眾目睽睽之下觸摸水晶球。」

說穿了，要是雪諾沒犯法就不會發生這些事，水晶球會變黑、變混濁也是緹莉絲本性的問題。但聰明的愛麗絲都這麼說了，應該就是這樣吧。

「那麼，她說緹莉絲殿下是魔王，發布通緝懸賞也是……！」

見雪諾震驚不已，愛麗絲像個名偵探般豎起手指，說道：

「沒錯，這才是那個女人的目的。將緹莉絲本性邪惡一事攤在眾人面前，宣稱她是魔王，還堂而皇之發布懸賞令。遭到邪惡魔王支配的葛瑞斯王國，就由我們正義的夥伴來解救——妳瞧，這樣不就有正當理由展開侵略了？」

我覺得亞德莉當時應該沒有多想，只是順勢喊出「原來妳才是魔王」這句話而已。但愛麗絲說得這麼篤定，我也漸漸認為是這麼一回事了。

「妳想想看，那個女人逃出葛瑞斯後，托利斯的巨大魔獸和軍隊隔天就打過來了喔。這如果不是事先布下的局，再怎麼說也太快了吧。換句話說，這都是她一手策劃的詭計！」

那支軍隊抓到巨貓後，根本沒攻打葛瑞斯就回去了。沒想到連這些行動都是陷阱，以後我不能小看亞德莉了。

「那可不行！得盡快跟緹莉絲殿下回報這件事！」

雪諾變得驚慌失措，愛麗絲卻絲毫不顧——

『喏，我已經製造出攻打托利斯的正當理由了，再來只要打贏就行。這個部分就交給你處理。』

她以只有我能聽見的音量，用日語這麼說。

6

我們被帶到房間後，聽完雪諾報告的緹莉絲開口：

「好大的膽子……父王陛下不在，貴族就開始作威作福，這時候又出現這個麻煩。要不是國內政局混亂，我早就打過去了……！」

緹莉絲平常處事冷靜，難得會說出這麼火爆的話。

『對緹莉絲來說，古代文物修復一事外洩的影響最大吧。雖然其他行徑也很詭異，但這個手段最為惡毒。該死的亞德莉，居然挑這種時候讓祕密曝光，真有一套。』

『……那傢伙實在太殘忍了。下次見到她，我一定要好好修理她一頓。』

我佯裝不知情，將責任嫁禍在亞德莉身上。

「緹莉絲殿下，我有一個請求。」

雪諾忽然單膝下跪，一反常態地露出嚴肅神情。

「這次的魔物討伐任務雖然失敗了，但請您再給我一次挽回名譽的機會。」

這麼說來，這傢伙因為任務失敗，馬上就要被開除了。

平常那副欲望滿盈的模樣消失無蹤，雪諾直盯著緹莉絲靜待回音。

我還以為她會表現得更沒用，哭著哀求緹莉絲瘋狂賴帳，所以有點意外。

「……妳說想得到挽回名譽的機會，但妳打算怎麼做？如今貴族已曝露邪惡的一面，要跟那個機關開戰的話，時機點實在太差了。而且妳這次又捅了簍子，就算取得功績，也未必能重回騎士團隊長的位置喔？」

「無所謂，我已經做好告別騎士身分的覺悟了。若得到您的允許，我想潛入托利斯大肆破壞，以報一箭之仇。」

看到雪諾完全不同於以往的態度，緹莉絲就算有些震懾，仍開口問道：

「如果我再繼續無所作為，就會被周邊諸國瞧不起。若能在政治角力中贏過貴族，平定國內情勢後，我會再找機會反擊。潛入任務非常危險，妳能不能等到那個時候再說？妳對陷害敵人的權力鬥爭很有一套，我很信任妳，請妳幫幫我好嗎？……是說，妳不惜做到這個地步的理由是什麼？」

聽到這個疑問，雪諾頓時支吾其詞。

「因為怪人毒蛇女小姐，那個……在上次的小衝突中受了重傷……」

她用幾不可聞的細小音量，雙耳通紅地說起了獨白：

「可能是六號平常都喊她小瑟，看到那位小姐，我總會不自覺想起魔王杜瑟。當時魔王獨自扛下魔族的罪孽從容就義，相較之下，我卻毫無貢獻。看到毒蛇女小姐代替魔王杜瑟盡心盡力守護魔族，我才想為她抱一箭之仇……」

這一瞬間，我跟緹莉絲光靠眼神就明白彼此的想法了。

——我們怎麼會讓事情走到這一步？

我們本來想找某個機會曝光杜瑟的真實身分，嘲笑雪諾居然一直沒發現這件事。是說，大家甚至已經在賭雪諾什麼時候才會發現了，當事人卻把這件事看得這麼重。我覺得自己好像做了不該做的事。

沒想到提出魔王假死計畫的仿生機器人竟然點頭稱是，彷彿要鼓勵雪諾般拍拍她的肩膀，完全無視我們內心的糾結。

這一刻我再度體會到，仿生機器人果真沒血沒淚沒感情。

「騎士雪諾，妳那高潔無比的決心讓我肅然起敬。為表敬意，我允許妳自由行動。待妳取得功績之際，就再度任命妳為近衛騎士團隊長吧！」

緹莉絲斬釘截鐵地如此宣告，似乎覺得坐立難安。

雖然檯面下早就內定讓雪諾調派如月了，但如果真能重回近衛騎士團隊長寶座，我也樂見其成。

「真、真的嗎！呃，那個，可是，像我這樣任務連連失敗的人……」

「好了，妳就接受吧。妳有這個資格！」

「哦，我從以前就覺得妳是個優秀的人才。那次魔獸討伐任務，妳也是毫不留戀地下令撤退，哪能算失敗啊。」

我跟愛麗絲也跟著幫腔。不知為何，雪諾卻用懷疑的眼神看著我們……

「喂，你們為什麼要推舉我？我知道了，就這麼不想讓我正式轉調如月嗎？我、我就這麼討人厭嗎？」

「不是這樣啦，這女人麻煩死了！因為妳說想幫小瑟報仇，我很欣賞妳，而且如月很重視夥伴啦！」

看到雪諾露出凝重的表情，我找了個藉口搪塞後，愛麗絲接著說：

「所以妳想對柊木發動逆襲嗎？那我們也助你一臂之力吧。公主也要留意自身安危，畢竟妳被重金懸賞，不能因為待在王城就疏忽大意。」

「是啊……本來想請前近衛騎士雪諾保護我，不過這麼一來，還有其他可以信任的人嗎……」

緹莉絲可能也想藉此機會轉移話題。當她陷入苦惱之際——

「保護緹莉絲公主的任務就交給我吧。」

房裡明明只有我一個男人，不知為何卻傳來粗獷的嗓音。

這時牆壁某處忽然鼓起一個人的形狀，隨後竟有個男人撕下身體表面的擬態用壁紙，帶著爽朗的笑聲現身。

「衛兵——！」

聽到緹莉絲的吶喊，現身的男子依舊冷靜地對她伸出手掌回答：

「放心吧，緹莉絲公主，不是什麼可疑人物。是我啊，戰鬥員十號。」

「衛兵——！」

聽到這句話，緹莉絲叫得更淒厲了。她的尖叫聲讓房外亂成一團。

我仔細觀察十號出現的那道牆壁，發現牆上被挖出一個人型。

方才不見蹤影的這個男人，似乎過著與牆壁化為一體的生活。

「有十號在的話，公主就能安心了。保護公主的任務就交給你了。」

「嗯，交給我吧。」

「不行啦！還有，你到底是從什麼時候就在這裡了！」

雪諾完全不顧思緒大亂的緹莉絲，笑著對十號說：

「別看緹莉絲殿下這樣，她跟這個年紀的女孩一樣有害怕的東西，就麻煩你照顧她了。」

「嗯，我早就知道了。她在暴風雨的夜晚會被雷聲嚇得渾身發抖，這一點我已經確認過了。我正在研發能擬態成抱枕的裝備，好為下一個暴風雨的夜晚做準備。」

緹莉絲把笑著回答的十號推開，對雪諾大聲宣布：

「騎士雪諾聽令！請務必取得功績，重新回任保護我的近衛騎士！」

【中間報告】

先前報告過的那個怪女人其實是間諜。

乍看之下蠢得可以，其實手段相當高明。

那個女人光憑一己之力，不僅讓緹莉絲評價一落千丈，差點引發國家內亂，讓小瑟身受重傷，戰鬥員十號還化身成牆壁，情況十分嚴重。

跟緹莉絲談過之後，我們決定將雪諾的非法情事也栽贓給她。

愛麗絲也利用情報操作，造謠柊木能馴服巨大魔獸，所以砂之王肯定是他們製造的生化武器，漸漸將他們塑造成無惡不作的邪惡組織。

但再這樣下去，邪惡組織如月的存在感可能會越來越低。意識到這股危機後，我們召開了緊急會議。結果如下——

祕密結社如月葛瑞斯分部全體職員，決定在向執法機關柊木宣戰的同時宣告我們才是這顆行星的支配者。

報告者　戰鬥員六號及當地全體戰鬥員

最終章 惡棍們的逆襲

1

愛麗絲似乎是說反擊作戰必須做好準備，所以暫時讓我們緩一緩。

雖然不知道她在打什麼主意，但我相信她的智慧頭腦。

「事情就是這樣，所以我要去一趟托利斯喔，小瑟。我不在的時候妳應該會很寂寞，所以我把遊戲借給妳，妳就在這裡耍廢吧。」

這裡是杜瑟被分配到的基地房間。

削蘋果的同時，我也對臥床的杜瑟解釋了目前的狀況。

「謝謝你借我遊戲，但請帶我一同前往吧。我已經沒事了，抱歉讓你擔心……」

杜瑟說完就想起身，而我將裝著蘋果的盤子遞到她眼前。

「愛麗絲就是猜到妳一定會說這種話，才交代我在出發前幫妳打麻醉藥。打完麻醉動彈不得的小瑟就在眼前，妳應該知道我會做什麼事吧？」

「知、知道了，我會乖乖留守，不必打麻醉藥！……啊，這個蘋果削得好可愛喔。六號先生，你喜歡莫吉莫吉嗎？」

我原本想削出兔子蘋果，但這形狀確實是莫吉莫吉沒錯。

我心想「這次一定要削出兔子」，繼續削蘋果時，外頭忽然有人敲門。

「杜瑟大人，我來探望您……呃，六號，不要跑來杜瑟大人的寢室鬼混好嗎！最近杜瑟大人受你影響太深，讓我很不安！」

「……海涅說得對，六號。跟你在一起久了，感覺杜瑟變得越來越蠢。杜瑟是魔族的希望，你不要再來找她玩了。」

站在門外的是前魔王軍幹部二人組。

「哦，這兩個是怎樣？明明是奴隸，講話還這麼囂張。」

現在海涅和羅素都在用與生俱來的能力幫毀滅者和基地小鎮供電。

由於水精石充斥市面，羅素頓時變成沒人要的孩子，於是基地小鎮馬上為他蓋了一座設置水力發電廠的蓄水池。

這樣又獲得了節能環保的新能源，愛麗絲也非常開心。

「那、那個，跟六號先生相處後，我真的跟以前差這麼多嗎……？」

「最近小瑟已經不像以前那麼警戒，變得毫無防備又容易上當，有點傻很可愛呀。」

……杜瑟淚眼汪汪地用棉被蓋住自己縮了起來，這時海涅和羅素招手要我過去。

我乖乖走近後，兩人壓低聲音說：

（喂，六號，你要去找讓杜瑟大人受傷的那群人反擊吧？那就帶我們一塊兒去。我們好歹也是前魔王軍幹部，豈能默不吭聲！）

（畢竟在上次那場紛爭中，我因為被某人鎖喉而毫無貢獻。這次一定要他們瞧瞧魔王軍幹部的實力。）

看來他們也想幫杜瑟報仇。

「是可以帶你們一起去啦……對了，妳們兩個偷偷摸摸躲在那裡幹嘛？」

格琳和蘿絲從敞開的房門後方偷看我跟海涅他們談話。

她們本來是想躲著不吭聲吧，一臉尷尬地走過來後……

「聽說跟隊長有一腿的狐狸精受了重傷，我是來嘲笑她的！哼哼，太痛快了！嘗到教訓之後，就別再招惹別人的男人！」

格琳馬上對提高警戒的海涅和羅素露出討人厭的笑容大肆嘲笑。

在兩人氣得咬牙切齒時，蘿絲一臉傻眼地吐嘈：

「……騙人，說要來探病的人明明就是格琳。而且她的死法太蠢，在復活儀式上耗費太多時間以致無法參戰，她還對此耿耿於……痛痛痛痛、好痛喔！」

「這張嘴還是這麼多話！只是因為那隻狐狸精工作能力很優秀，我才有點在意她的傷勢！要是她傷得太重，就會影響到工作！……幹嘛，看什麼看，我把慰問品放在這裡啦！」

格琳用頭髮遮掩變紅的臉，對同樣紅著臉鑽出被窩查看的杜瑟說了有點傲嬌的台詞後，便直接走人了。

——格琳前陣子莫名其妙死掉的原因終於解開了。

好像是因為我又認識了新的年輕女人，她心中警鈴大作，擔心會出現第二隻狐狸精，所以想詛咒亞德莉。

她詛咒到一半就失去意識，回過神來才發現復活儀式已經結束了。

不過據格琳所說，她並沒有使出反噬足以致死的詛咒……

就在此時。

「哦，找到你了，羅素，原來你在這兒啊。跟柊木這一戰中，我要交派一項重要工作給你。工作結束之後就可以輕鬆了。」

今天的訪客還真多。這次來杜瑟房裡露臉的人是愛麗絲。

「等、等一下啦，愛麗絲！我也要跟大家一起去！那個工作非我不可嗎？拜託妳去找別人啦！」

羅素這次是真的很想替杜瑟報仇吧，只見他一反常態拚命抵抗。

「我只是要啟動鑽地朗而已，找蘿絲幫忙也行啦……」

愛麗絲疑惑地歪著頭說。

——目前已經得知地鼠型巨大機器人鑽地朗的啟動方式了。

就是羅素告訴我們的。

這傢伙曾經啟動過遺跡裡的巨大機器人，就算知道方法也不足為奇，但還是被不停查找啟動方法的愛麗絲說「既然知道不會早點講喔」，狠狠臭罵了一頓。

「喏，我說的沒錯吧？這種巨大機器人會挑選搭乘者，只會被它喜歡的人啟動。簡單來說，鑽地朗喜歡的類型是帶點蘿莉屬性的美少女。連羅素都能啟動，表示他也被算在美少女之列吧。」

「又不是動畫或遊戲，怎麼可能有這種事啊？既然對美少女有反應，為什麼我沒辦法啟動呢……我猜製造鑽地朗的人，應該也是開發出蘿絲和羅素的那一批人。鑽地朗身上應該搭載了夥伴才能啟動的安全裝置，要透過ＤＮＡ認證之類的系統加以判別。」

目前得知，讓相關人員坐進鑽地朗頭上的駕駛艙就能將其啟動。

但如果對美少女產生反應的假設錯誤……

「蘿絲跟羅素相當於過去科學家留下的遺產，所以還能理解，但連杜瑟也能啟動耶，太不可思議了吧？」

「這顆星球的魔王，被建立超高等文明的科學家賦予了歐帕茲的使用權，類似管理員的概念。雖然因為莉莉絲大人搞砸一切，導致這部分依舊未解，但大致上是這樣沒錯。」

我對這些艱澀知識完全不懂，但現階段鑽地朗很有可能代替接近於王牌的毀滅者。

畢竟對方有巨大魔獸。

巨大對手就是要用巨大武器攻擊，這是千古不變的鐵則。

「原來如此。妳要交派給羅素的工作就是操縱鑽地朗幹掉那隻巨貓吧？」

「不，我調查過鑽地朗了，它似乎不是戰鬥用機器人。而且鑽地朗不像那隻巨貓具備槍彈反射能力，就算正面迎戰，要是不幸淪為槍砲的攻擊目標，那就玩完了。」

對方好像也有類似火箭筒的超強力火器。

「只要到處撒滿木天蓼粉，就有辦法解決那隻巨貓，所以不算太大的威脅。而且這次我們也有裝備火砲的同伴，對方應該也不敢輕舉妄動……到時候我想請你做一件事。」

「不、不要。雖然不知道妳要我做什麼，但這次我也想參戰。我要讓大家看看前魔王軍幹部的實力……」

看到羅素堅持不肯就範，蘿絲說了句「真拿你沒辦法」。

「那就換我操縱鑽地朗吧。羅素先生雖然很弱，但還是我的同族，偶爾也要展現一下自己的優勢啊。」

「不要連同族的妳都說我很弱好嗎！別看我這樣，我以前也是幹部耶！」

2

在蘿絲跟愛麗絲利用鑽地朗不知偷偷摸摸在做些什麼的期間，時光飛逝，轉眼間就來到攻打托利斯的日子。

這一帶經常都是乾燥氣候，今天卻難得烏雲密布。

我站在基地演習場的高台上用揚聲器大喊：

『各位路人戰鬥員，沒想到百閒之中還真好意思來啊！我們的最終目標是侵略這顆行星，卻出現了阻礙大業的敵人！此刻事態相當嚴重，再這樣下去侵略計畫將會受阻……』

「少囉嗦，你明明是個蠢蛋，話怎麼還這麼多啊！說重點就好！」

「還有誰是路人戰鬥員啊！我宰了你喔，雜碎戰鬥員！」

「還說什麼百閒之中真好意思來，少給我搧風點火！」

我這難得一見的尊貴演說竟被將近十名路人的叫罵聲打斷了。

目前在場的成員只有跟我認識很久的那些地球派來的戰鬥員，還有愛麗絲。

『我在這裡的地位可是很高貴的！算得上是你們的上司，所以你們這些混帳雜碎說話放尊重點！』

「這傢伙居然居高臨下！喂，把那個白痴拉下台！」

「白痴才會想爬上高位，誰來對他丟石頭！」

這群性急易怒的同僚全都開始對我丟石頭，看來我的演講對蠢貨來說還是太難懂了。

『我會把丟石頭的人派上最前線戰鬥喔！如同愛麗絲先前的告知，等等就要去挑釁柊木那群傢伙，所以你們幾個也要參戰！』

「一開始就這樣說不就好了！明明是個白痴，別說那種艱澀難懂的話！」

「你也要來最前線吧！畢竟你除了戰鬥以外一無是處啊！」

……我已經受夠這些人了。在攻打柊木之前，我要先扁他們一頓！

「你們從剛剛開始就一直罵我白痴，但我們的學歷差不多吧！」

「啊啊？你是哪間高中的啊？我有考上地方知名的升學高中耶！」

我馬上扔掉揚聲器，當場跟一名同僚扭打起來。這時愛麗絲代替我登上高台說道：

『你們可以繼續打無所謂，注意聽好。待會兒一部分戰鬥員就去攻打執法機關柊木，暫稱托利斯分部。前陣子我們和葛瑞斯王國軍跟他們稍微交手過，敵方也有戰車和槍砲等裝備，跟你們大同小異。』

一聽到對方持有槍砲，跟我扭打成一團的同僚神情嚴肅地停下動作，彷彿認為此刻不宜嬉鬧。

「沒想到真的連槍都有啊……啊噗！你、你竟然……！」

同僚表情凝重地唸唸有詞，變得破綻百出，於是我趁機灌了他一拳。期間愛麗絲仍繼續說明。

『敵對勢力的戰鬥技術也相當了得，雖然尚未發現英雄特有的巨大機器人，但他們卻能馴服巨大魔獸。說穿了，就是跟地球的英雄實力相當的敵人。由於敵人非同小可，這次不會強制各位參戰，但下不為例。』

當這些不正經的戰鬥員不知不覺聽得聚精會神時，愛麗絲語氣淡然地接著道。

什麼嘛，明明平常都把我們這些戰鬥員的命說得一文不值。

我的搭檔雖然是個仿生機器人，卻無法狠心到底又很傲嬌。於是我對她說：

「我本來以為妳很聰明，看來妳還是不了解我們嘛。喂，你們也說她幾句啊！」

點燃同僚們的導火線後，所有人都發出了噓聲。

「喂，小不點，別瞧不起我們！戰力跟英雄相當又怎樣？害怕英雄怎麼當得了邪惡組織的戰鬥員啊！」

「妳知道我們的工作是什麼嗎？就是戰鬥跟吃飯！」

「聽說杜瑟小姐、大奶小姐、羅素弟弟都受害了！寶貴淨土遭人染指豈能默不吭聲！」

「妳只要像平常那樣命令我們就行，我們這些一文不值的戰鬥員只是消耗品！但我們還是會活下來就是了！」

看到同僚大聲吶喊的模樣，愛麗絲有些開心地說：

『你們真的又蠢又單純，很好操控耶。但我聽說笨蛋不會感冒，也不容易喪命，所以你們就繼續蠢下去吧……現在開始分配各自的作戰任務！』

聽到愛麗絲這句話，同僚之間馬上爆出巨大歡呼聲——！

『——唯獨這次不耍那些奇怪的小伎倆。雖然潛入城鎮之前要採取隱密行動，但基本上都是要正面壓制。請全體戰鬥員用盡身上的惡行點數，用最新的裝備進行武裝。雪諾、格琳，妳們可以跟前魔王軍小隊一起進攻了。既然有戰鬥服加持，你們的防禦力就很強，敵方勢力出現後也能確實擋下子彈攻擊。死五個人還能接受，但如果會有更多人喪生，就允許你們撤退。』

「根本把我們當成肉盾嘛！剛剛那種熱血的氣氛是怎麼回事！」

「居然說死五個人還能接受，再把條件放寬一點啦！」

「妳不是優秀的仿生機器人嗎？想點更高明的作戰方式啦！」

我還以為這傢伙終於懂得辨別人心，看樣子是我會錯意了。

沒被編進危險的最前線部隊的我對同僚們破口大罵：

「閉嘴，少在那邊嘰嘰喳喳的！你們應該也知道愛麗絲很聰明，至少該相信她吧！……那我要做什麼？是不是在這些人爭取時間的空檔準備帥氣登場？」

愛麗絲從高台上走下來後。

「你也跟我一起去最前線。我說過了吧？這次不要奇怪的小伎倆。」

等等，我完全聽不懂她在說什麼。

「等一下，對方有一隻會把子彈彈開的巨貓耶！這些人不就是要去抵禦那隻貓嗎？跟這種對手正面爆發槍戰，死亡機率很高耶。」

「放心吧，你要相信高性能的我。」

相信什麼啊，我實在不懂正面攻堅有什麼意義。

「像莉莉絲大人那樣用惡行點數換飛機過來！或是用炸彈攻擊也行！愛麗絲小姐，還有其他辦法吧！喂，妳不是應該更聰明一點嗎！」

「這些方法都太浪費惡行點數了，我才不會叫這種高價位的東西過來。你不是常說『要勇於挑戰別人不喜歡做的事』嗎？」

「有啊，我每天都開開心心地性騷擾別人耶！可惡，我做就是了！我可是人稱如月最頑強的男人，就讓妳瞧瞧我的實力！」

對愛麗絲說了這些話徹底豁出去後，我就從日本調了裝備過來——

3

在基地小鎮旁那片廣闊荒野上，抬頭仰望的雪諾徹底嚇傻了。

「吶，蘿絲，也該讓我也摸摸看了吧！一個人獨占太狡猾了！」

不顧被巨大機器人嚇得動彈不得的雪諾，格琳一直吵個不停。爬上鑽地朗頭頂的蘿絲心滿意足地往下看著這一幕。

「它已經是我的手下了，不能讓格琳也坐上來。」

「為什麼？把它修好的是愛麗絲，告知啟動方法的是羅素吧！蘿絲妳什麼也沒做！」

我們抬頭看到鑽地朗頭頂上的蘿絲正在釋放電流，阻擋想要攀爬上去的格琳。

「為什麼不讓我上去啊？坐一下有什麼關係！有蘿絲在的話，我應該也能啟動吧！」

「因為『只有我才能發動的專用機』聽起來比較帥，所以我不會把這個位置讓給任何人。對了，格琳，妳在這次的作戰計畫中負責什麼工作？妳平常都沒有交出令人驚豔的成績，偶爾來點亮眼的表現比較好喔。」

「哎呀哎呀，這孩子說話也越來越狠了呢！這次的作戰計畫中我身負一項重要任務，反而有種我才是主角的感覺呢！」

在這次的作戰當中，格琳準備要對托利斯降下詛咒。

沒錯，不是針對人，而是整個托利斯。

她似乎想詛咒托利斯國土全境，試圖留下難以抹滅的重創。

照理來說，這種大規模的詛咒應該不可能成功，可是……

「魔族們對魔王杜瑟的關懷之心，我確實收下了……」

可能是放棄爬上鑽地朗了，坐回輪椅的格琳小心翼翼地將某些物品抱在腿上。那些是基地小鎮的魔族託付給她的回憶之物。

得知要替受傷的杜瑟報一箭之仇後，幾乎所有魔族都拿出了珍藏已久的物品。

「每一樣回憶之物都充滿了非比尋常的心意呢。居然能毫不留戀地交出如此珍貴的物品，可見那丫頭真的深受大家喜愛。啊啊，真令人嫉妒……可恨，那女人的人氣真可恨！」

「喂、喂，妳搞錯詛咒對象了！現在還不是降下詛咒的時候！」

雖然是詛咒托利斯國土全境，不會傷及性命……

——這時，騎在獨角獸身上抬頭看著鑽地朗的雪諾說：

「好像準備好了。」

今天的雪諾一反常態，表情幹勁十足。她腰上佩有兩柄魔劍，背上又扛了一把刀。

那兩柄魔劍是她常用的火焰什麼鬼跟冰什麼鬼。

背上扛著的是怪人虎男送給她後，她越來越喜歡的那把刀。

光是這樣還不夠，獨角獸的馬鞍旁邊還掛著好幾把未出鞘的魔劍，我全都沒見過。

今天所有人都卯足了全力。

每位同僚都穿上最新裝備，以及所費不貲的光學迷彩。

從魔族手中搜刮一堆回憶物品的格琳自然不用說，坐在鑽地朗頭上的蘿絲也一反常態，感覺渾身是勁。

脫下女僕裝的羅素換上了我們初次見面時的衣服。海涅也把玩著手中的魔導石，眼神變得無比銳利。

這時，裝備跟平常大同小異的我對同樣也是平時打扮的愛麗絲說：

「大家好像都充滿幹勁耶，這裡是不是不需要我啊？」

「你是這裡的分部長耶，放棄掙扎吧。」

看到我跟愛麗絲一點也不緊張的樣子，雪諾露出苦笑。

「你們連在這種時候都還是老樣子。仔細想想，當時魔王軍攻打王城的時候也是這樣。都已經決戰前夕了，還一直跟我說那些討人厭的話……」

雪諾似乎想起當時的情景，露出緬懷的神情看向遠方……

『喂，愛麗絲，這傢伙幹嘛忽然這樣？不覺得她今天很奇怪嗎？感覺好像在埋死亡伏筆耶。』

『畢竟這次的對手連我們的戰鬥員都不一定打得過，搞不好還會死。對方可是比魔王軍還要強的敵人，她應該做好心理準備了吧。我是不是有點恐嚇過頭了……』

接下來要做的，就是狂扁對方一頓，為杜瑟復仇。

我們可是邪惡組織，豈能容忍對方瞧不起我們。

「魔王杜瑟，妳看見了嗎……？我絕對不會讓那些人傷害妳悉心守護的魔族，請妳安息吧……」

雪諾抬頭仰望烏雲密布的天空喃喃自語，但小瑟其實正在房裡玩遊戲。事已至此，我實在說不出口。

——這時，愛麗絲隨身攜帶的無線電傳來了偵察部隊的回報。

從無線電隱約可聞的聲音說，那隻巨貓現在還是鎮守在托利斯國門前。

由於沒看見敵軍的蹤跡，如果不怕那隻貓的話，或許有機會強行攻破。

收到回報後，愛麗絲對眾人說：

「不管是柊木還是其他勢力，總而言之，先盯上這片土地的是如月。既然對方自稱正義使者，你們就堂堂正正地冠上邪惡之名！攻打托利斯的正當理由早已成立，你們只要大幹一場就行了！」

沒錯，我們是邪惡組織的戰鬥員，也是侵略者。

照理來說，若真要挑起戰火，我們根本不需要好聽的場面話，也不需要為良心苛責與糾結開脫的正當理由。

除了戰鬥之外一無是處的同僚們露出了幹勁十足的笑容。

『各位，展開侵略吧！』

『『『『『『『咿哈～！』』』』』』』

愛麗絲揚起一抹愉悅的笑容，高舉拳頭大聲宣告——！

4

「不覺得今晚特別冷嗎？平常明明熱到沒辦法睡，到底是怎麼回事？」

「偶爾也會有這麼幾天吧。地上最大的缺點就是氣溫不穩定……」

兩名士兵站在併設於外牆之上的看哨所小屋前如此閒聊。

「……咦？喂，下雨了！沒想到這附近也會下雨……」

「饒了我吧，精密儀器會淋濕耶……我也想像住在托利斯的地上人一樣穿著輕薄衣物生活……喂，剛才遠方是不是有什麼聲音？」

無精打采的士兵替某個機器披上防水布時，發現異狀並如此說道。

然後——

「唔喔！」

「居然打雷了！喂喂，該不會變成暴風雨吧？」

雷光閃現後，隔了幾秒響起巨大聲響讓兩名士兵摀住耳朵。

不久後果真如士兵所言，雨點開始落下，轉眼間就變成大豪雨，雨聲將四周的聲音都蓋過去了。

被雨淋濕的士兵急忙衝進小屋中——

（這裡是戰鬥員六號，哨兵暫時躲進屋裡了。剛剛是誰發出聲音的？如果沒打雷就死定了耶。完畢。）

我用耳麥回報狀況後，再次警戒四周。

我在保護著托利斯城下町的外牆和正門旁，使用光學迷彩潛伏著。

（這裡是愛麗絲。發出聲音的人是格琳，她今天光著腳又不習慣走路，所以不小心跌倒了。應該沒被巨貓發現吧？看到貓之後，記得撒完木天蓼粉就跑。還有，你披上光學迷彩了嗎？那也可以代替雨衣。現在雨勢很大，一定要記得穿上，不然會感冒喔。完畢。）

居然連小細節都這麼關切，妳是我媽喔。

（別擔心，多虧這場暴風雨，目前還沒被發現。巨貓被雨淋到縮成一團瑟瑟發抖……怎麼辦，忽然想把牠撿回家了……』

（我已經養了兩隻合成獸和戰鬥員了，再繼續養下去會照顧不來的。）

別把我們當成寵物好嗎？

（這場豪雨是公主拚盡全力召喚而來的甘霖，好好把握這個機會。我現在就讓所有人過去，等敵人重新展開監視後再跟我打個暗號。完畢。）

（是啊，緹莉絲都做到這個地步了，我一定不會讓她的努力白費。完畢。）

沒錯，這場暴風雨就是緹莉絲引來的。

話雖如此，她所用的方法並非詠唱呼風喚雨的魔法。

出發攻打托利斯前，我把基地小鎮的所有魔族帶入葛瑞斯王城，請緹莉絲幫我一個忙。

就是當著魔族的面喊出那句祝禱詞。

要使用祈雨的古代文物，必須完成以下條件。

王族得在眾目睽睽之下向古代文物獻上祝禱詞。

根據愛麗絲的推測，之所以只有王族才能獻上祝禱詞，是因為古代文物具備防止濫用的ＤＮＡ認證系統。必須在眾目睽睽之下，則是為了蒐集周遭眾人的魔力來啟動降雨裝置。

也就是說，緹莉絲喊出了那句話。

因為她說什麼也不願在自家國民面前出盡洋相，我才向她妥協，選擇帶口風嚴實的魔族過去……

（糟糕，要是有用數位相機把緹莉絲大喊的畫面拍下來就好了！）

（放心吧，我有錄影存證。不過，公主的表現很加分呢。為了雪諾自暴自棄大吼的樣子雖然有點蠢，但確實很帥氣。）

為了冒死執行托利斯潛入計畫，雪諾哀求緹莉絲降下傾盆大雨，而緹莉絲心不甘情不願地答應了她的請求。

……這時，我忽然從黑暗之中感受到有人正在靠近的氣息。

聽到腳踩泥濘的啪沙聲，我就知道他們趕來了。

（好，都到齊了嗎？因為披著光學迷彩，根本看不到你們在不在。全員點名！）

（別擔心，除了蘿絲跟雪諾之外，其他人都牽著手。我們確實在這裡。）

（什麼嘛，你們感情挺好的啊……是說，我知道蘿絲去駕駛鑽地朗了，雪諾人呢？）

我跟愛麗絲低聲交談時，黑暗中就出現一道白色人影，彷彿在回答我的問題。

由於我們隱去身形，騎著獨角獸的雪諾被雨淋得渾身濕透，用快要哭出來的表情四處張望。

馬的身形太大，光學迷彩沒辦法完全覆蓋啊……

（攻進托利斯之前明明要採取隱密作戰，這傢伙在搞什麼啊？）

（沒辦法，只能讓她在遠處待命了。）

……愛麗絲說完便準備下達指示，但我忽然靈機一動。

我走到雪諾身邊後——

（咿！剛、剛剛是誰摸了我的屁股……？呃，喂！是誰在摸我的胸部啊！）

《惡行點數增加。》《惡行點數增加。》

我本來想對她馬上脫隊一事唸上幾句，看在惡行點數的份上還是原諒她吧。

我再次看向設於外牆上的看哨所小屋。

（喂，夠了沒啊！是六號在摸我屁股吧！住、住手……！）

……看來還有其他人跟我想著同樣的事。

既然要賺惡行點數，就給我安靜一點。

（六號，你給我差不多一點……！等、等一下，怎麼這麼多隻手啊！不只一個人在性騷擾嗎！）

雪諾終於受不了了，奮力拔劍出鞘。

「偷摸我的傢伙給我報上名來！我要徵收偷摸費！」

「誰在那邊大聲嚷嚷啊！……這麼晚了，妳在這裡做什麼！」

「獨角獸是葛瑞斯王國的軍用馬！有人入侵，快開警報！」

從看守所小屋衝出來的兩名士兵看到雪諾後立刻出聲盤問。

尖銳的警報聲混雜著傾盆大雨的猛烈雨聲，一時響徹四周。

「白痴雪諾，都是妳害的！被發現就沒辦法了！上吧，各位，開始正面攻堅！」

「「「「衝啊！」」」」

「怎麼一副是我搞砸的樣子啊，我不能接受！我一定會把偷摸我的傢伙全部找出來！」

愛麗絲一聲令下，我們立刻脫掉光學迷彩衝向士兵——！

【——敵襲！敵襲！現在有不知名軍隊闖入城鎮大肆破壞！請民眾鎖緊門戶，躲在家裡不要出來！重複一次……】

這聲警報響徹了整個托利斯城下町。

遍布全鎮的同僚們正在瘋狂搗亂。

原本的作戰計畫是採取集體行動，直到敵人發現為止。這也算是臨機應變。

「海涅、羅素，你們去襲擊軍營，遇到敵人就躲在民宅後面戰鬥。他們好歹自稱正義之士，這樣應該就沒辦法使用槍砲類武器了。」

「也就是說，利用民宅來抵禦啊……不，沒差，反正我們也是前魔王軍和魔族……」

我站在對海涅下達指示的愛麗絲旁邊。

「六號，你聽好了，這種機會可遇不可求！看到眼前那些專門接待貴族的高級店面了嗎？那裡就是敵營的正中心！只要把那些店燒成灰燼，就能重創他們的經濟！」

「我同意這個論點，但妳只是想去搶錢吧！居然想帶頭趁火打劫，這個國家的騎士是怎麼了！妳絕對不是騎士吧！」

我被這個企圖趁火打劫的前騎士嚇得無話可說，拚命拉住她。

「妳不是氣勢洶洶地說要幫小瑟報仇嗎？這算什麼啊！其他人也都對妳的決心為之動容耶！把我們的感動還來，妳這王八蛋！」

「這是兩碼子事！那你也一起來啊？喏，那間看起來很像珠寶店耶。我把珠寶店讓給你，隔壁那間武器店就讓給我！」

這位口出狂言的騎士拿出了堆在獨角獸背上的袋子。

……這傢伙該不會是為了載運財寶，才帶獨角獸過來的吧？

當我正猶豫要不要放棄雪諾時，像聖誕老人那樣把裝有回憶物品的袋子揹在背上的格琳露出愉悅的笑容對我說：

「隊長，我已經準備萬全，隨時都能詛咒了！不對，是不是要更靠近市中心比較好？唔呵呵呵，我要對托利斯的情侶降下能碰上甜蜜邂逅的詛咒！這樣一來，每當詛咒出現反噬現象，幸福就會降臨在我身上了！而且被我詛咒的那些情侶，就算碰上甜蜜邂逅也會不停以失敗告終！」

「夠了，別把魔族的回憶物品用在這種無聊的事情上！妳要降下的是其他詛咒！」

我們明明身處敵營中心，結果每個人都悠悠哉哉的！

「哈哈哈哈哈哈！這次一定要讓人類知道魔族的可怕！上啊，羅素，讓托利斯陷入火海吧！」

「好啊，我要讓人類回想起過去被我玩弄的回憶。等海涅放火燒遍這裡後，我就用大洪水沖得一乾二淨！」

「有人叫你們做到這種程度嗎？我是叫你們去襲擊軍營！」

情緒亢奮的海涅和羅素立刻衝去攻擊軍營了。

目送他們離去後，我對下達指示的愛麗絲說：

「如月成員大部分都滿正常的，這顆星球的人真是有夠離譜。」

「只有你身邊那群人很奇怪而已。正所謂物以類聚。」

遠處的爆炸聲響隨著雨聲傳來。我抓著雪諾和格琳的脖子走向王城，準備發動攻擊——

結果在通往王城的大馬路上看見一張熟面孔，於是停下腳步。

「你、你們……我知道你們很邪惡，但沒想到會壞到這種地步……」

任雨淋濕一頭秀髮的亞德莉一臉錯愕地看著我們。

5

我指著依然呆站在原地的亞德莉大喊：

「怎麼說得一副事不關己的樣子？妳不就是這場騷動的元凶嗎！」

「我我我我、我是元凶？你在說什麼啊！我平常的善行怎麼會跟你們在托利斯城下町發動恐攻有關係！」

亞德莉的表情彷彿遭人偷襲似的，到現在還想用這些話佯裝不知情。

雪諾可能覺得剛才那些話實在不能置若罔聞，只見她立刻跳上獨角獸拔劍出鞘。

「都什麼時候了，還敢瞧不起我們！事到如今，別以為妳在葛瑞斯王國的種種惡行能一筆勾銷！我們是收到你們的宣戰通知，才會出現在這裡！」

「我真的聽不懂妳在說什麼！什麼宣戰通知，我完全不知情啊！」

現階段他們確實沒有派送文書或使者來宣戰。

可是……

「我們早就發現妳試圖在葛瑞斯王國挑起內亂。這也就算了，你們還唆使魔獸發動侵略，完完全全就是引戰行為。」

「挑起內亂？我不知道啊！唆使魔獸又是什麼意思！」

就算格琳將她的罪行一一攤在眼前，亞德莉依然不肯認帳。

愛麗絲似乎被亞德莉惹惱了，她舉起散彈槍開口說：

「事到如今妳還想裝傻。我們當然沒有證據啊，這還用問嗎？間諜怎麼可能留下證據嘛。但我們可是在邪惡組織中名氣響叮噹的祕密結社如月，既然認定是妳幹的好事，就不需要什麼證據。而且……」

我將一隻手舉到愛麗絲面前，打斷她的話。

不好意思，身為杜瑟的玩伴，這句話應該由我來說。

「而且，我那位每天犧牲睡眠時間認真工作的上司竟然被你們傷得這麼嚴重。祕密結社如月葛瑞斯分部所有人都已經氣瘋了，我要你們血債血還。管你們是什麼人，我現在就要用拳頭好好伺候妳！我要狠狠揍妳一頓，再把妳抓到小瑟面前跟她下跪！」

「我實在聽不懂你們在說什麼，只知道你們真的壞透了！我可是執法機關柊木的使徒，『救濟的鈍色』亞德海特・古莉潔兒！六號！別以為區區這麼點人就能贏過我！」

亞德莉一做出宣言，雪諾就踢了踢獨角獸的肚子。

儘管石板地被雨淋得濕透，格琳還是當場跪下，交握雙手仰望天空。

「我不是六號，是祕密結社如月成員戰鬥員六號！我認定妳就是英雄了。跟英雄對戰時，戰鬥員都會成群結隊攻擊，這可是千古不變的鐵則，不要恨我！」

說完，我就在傾盆大雨中奮力往前衝。

「去死吧，英雄————！」

我發出這陣怪聲的同時，愛麗絲也先發制人地用散彈槍瘋狂掃射！

但看到愛麗絲的武器時，亞德莉應該就提高警戒了。她將雙臂交叉在眼前，只靠雙手接下飛過來的散彈。

早一步衝到亞德莉面前的雪諾大吼：

「我是葛瑞斯王國騎士團隊長雪諾！逆賊亞德莉，看我拿下妳的首級！」

「妳才是惡代官吧，不准說我是逆賊！」

雖然亞德莉的回答聽起來很蠢，但雪諾騎著馬揮下的那柄炎之魔劍，她還是用護手部分擋了下來。

亞德莉無懼火焰高溫，將魔劍一把搶過。雪諾也立刻放手，又拔出掛在馬鞍上的劍劈了過去。

亞德莉將搶過手的魔劍直接扔掉，一邊後退一邊閃避攻擊。只見雪諾又將手中的劍拋出去，拔出佩在腰間的冰之魔劍。

看到亞德莉輕鬆歪個頭就躲開她扔出去的劍，手持魔劍的雪諾又踢了獨角獸的肚子。

……從這短短幾次攻防中，我再次體會到亞德莉的實力非同小可。

這裡是敵營正中心，如今也有許多士兵在四處奔走。

——繼續拖下去對我方不利。

於是我跑到正在激烈交戰的雪諾和亞德莉身邊。

「限制解除——！」

《即將解除戰鬥服的安全裝置。確定嗎？》

我邊喊邊衝的同時，身後的愛麗絲對著耳麥喊道：

「報告全體戰鬥員，這裡是愛麗絲。潛入敵城任務受阻，即將改行鑽地朗計畫！請即刻停止破壞及擾亂行動，立刻準備撤退！」

《一旦解除安全裝置，在進行一分鐘的限制解除行動後……》

這時格琳忽然嗲聲嗲氣地喊了一聲，彷彿要蓋過這個警告語音。

「來了，厲害的來了！我感受到前所未有的關懷之情和強大神威！偉大的澤納利斯大人，請在這片大地降下災厄！讓此地居民陷入絕望吧！」

「那個瘋癲的女人是怎麼回事！是在召喚遠古惡靈之類的嗎！」

看到格琳不同於以往，氣勢十足的祈禱模樣連亞德莉都嚇了一跳。

我當然也被嚇得半死。

「於此地生活的居民啊！願你們連續三天三夜都夢到被半獸人愛上，受盡惡夢折磨！」

這前所未有的強烈詛咒讓腳下的大地微微晃動起來。

《即將解除安全裝置。如需取消請在倒數階段當中高喊取消……》

亞德莉也是被詛咒的一員，只見她的鎧甲頓時發出光芒。同一時間，降咒的格琳竟然莫名其妙死了。愛麗絲手腳俐落地回收了她的遺體。

雪諾將手往後伸抓住背上的刀，亞德莉則壓低身子，用掌心狠狠打了雪諾一掌。就在此時……

《九……八……》

地震強度比剛才還要劇烈，一擊就將雪諾打倒的亞德莉露出疑惑的表情。

「托利斯怎麼會地震呢……還出現突如其來的暴風雨。今晚不太對勁！」

正當我即將衝到亞德莉身邊時，托利斯市區鋪設的柏油路面隨著這個強烈地震，發出劈哩啪啦的聲音不斷龜裂。

從地面裂出的大洞裡爬出來的鑽地朗——

『PYAAAAAAAAAAAAAAAAA！』

它背後竄過陣陣閃電，發出金屬摩擦般的尖銳叫聲，以龐大之姿現身於托利斯。

「這、這這……這是什麼……！構造形同砂之王，難不成是地鼠型巨大機器人？」

《五……四……》

亞德莉的注意力完全放在鑽地朗身上，發現我接近後立刻擺出架式。

「這個巨大機器人也是你搞的鬼啊。這裡是托利斯市中心，出現這麼顯眼的標的物，我的夥伴馬上就會趕來支援。只要有援軍相助，這種巨大機器人自然有辦法擺平。那就……」

《二……一……》

亞德莉將雙臂交叉舉到臉前，緩緩地吐了一口氣。

緊接著，她周圍出現類似藍白色靜電的帶電光芒……！

「接招吧，六號！必～殺～！」

《——戰鬥服的安全裝置已經解除。》

亞德莉將交叉的雙手往後拉到腰間，大吼一聲衝過來。

「鈍色雷鳴——————！」

「六號飛踢————！」

安全裝置解除後，我的腳速立刻提升，而我順勢使出一記飛踢。

看到我忽然加速，亞德莉嚇得杏眼圓睜，反應也慢了一拍。

在夾帶驚人電流的藍色鐵拳打到我身上之前，伴隨撞上砂石車般的轟然巨響，我將亞德莉狠狠踢飛——！

「——喂，六號，這傢伙還有意識喔。剛才那記飛踢的威力，連英雄都有可能喪命耶，她那身鎧甲到底是怎麼回事啊？」

愛麗絲拍了拍倒臥在地的亞德莉這麼說。

她直接幫亞德莉注射了奈米機器，由此可見她雖然還有意識，狀況也是岌岌可危吧。

「畢竟飛踢是將許多怪人打入黃泉的恐怖必殺技。應該說，這傢伙挨了這記飛踢後，竟然還有辦法活下來。」

聞言，亞德莉似乎還想說些什麼，但可能因為傷勢太嚴重，她只能發出無聲的呻吟。

「呵呵呵，不愧是六號，真有你的。我都拿出正式裝備了，這傢伙居然還能跟我打成平手，看來也有兩把刷子……」

被亞德莉一掌打飛的敗犬摸著被掌心打中的腹部走過來。

「那哪叫平手啊。我跟愛麗絲都來支援了，妳還是一下子就被打趴了啊。」

「閉嘴，是因為我今天沒把咒劍死亡切割帶來才會輸，有那把咒劍我就贏了。」

雪諾像小孩一樣猛找藉口，眼神游移不定。這時，從鑽地朗下來的蘿絲慌慌張張地跑了過來。

「正義大姊姊！這不是在葛瑞斯請我吃飯的正義大姊姊嗎！怎麼會變成這樣！」

「妳、妳是……心靈純淨到讓水晶綻放白色光芒的純真女孩……」

蘿絲跟亞德莉應該只有過極短暫的相處時間，兩人卻在不知不覺間建立了友情。

難不成這傢伙原本計劃把蘿絲帶走嗎……？

「哼……妳竟然是巨大機器人的駕駛員……先前願意聽我說話，還贊同我的正義之舉，難道那都是演出來的嗎……？」

「因為妳說聽妳說幾句就會請我吃串燒，我就只是邊吃邊隨便聽聽而已。但我真的覺得正義的夥伴很帥氣。」

光從這段對話來看，我明白兩人的關係也沒好到哪裡去。

「唉……輸得一敗塗地啊……雖然我對頭腦沒什麼自信，唯獨對戰鬥有十足把握……」

「真巧啊。我也是頭腦雖笨，只有戰鬥是唯一可取之處。」

聽到這句話，亞德莉輕輕一笑，隨後痛苦地咳了幾聲。

同為以戰鬥為生的人，激戰過後總會湧現出惺惺相惜的感覺。

我對氣若游絲的亞德莉說：

「妳跟我們家蘿絲似乎感情不錯，看在蘿絲吃了串燒的份上，我本來想把妳綁到小瑟面前跟她道歉，但還是算了吧。」

「喂，六號。你是不是因為亞德莉的傷勢比想像中還嚴重，擔心自己做得太過火了？」

愛麗絲對我調侃了幾句，但亞德莉在意的似乎是別的事情。

「小瑟……？呃，我真的什麼都不知……」

…………？

「這個人都已經傷重到快死了，居然還在裝傻，怎麼回事啊？」

「是說她看起來好像真的毫不知情耶……」

——就在我跟雪諾疑惑地看著彼此時。

《附近居民請注意，聽到這個廣播後請盡速避難。接下來這個巨大地鼠型機器人鑽地朗，即將為各位獻上最後的煙火美景。在它短暫的機器生涯中，今晚或許是它這輩子最輝煌的一刻。》

這廣播是從鑽地朗身上的揚聲器傳出來的。

聽起來是愛麗絲的聲音，應該將是事先錄好的音檔放出來吧。

「若這一帶會化為烏有，放著名刀不管實在太浪費了！我得去把那些刀救出來……！」

看到雪諾隨便捏造一個藉口就開始趁火打劫，亞德莉猜到等會兒會發生什麼事，於是神情不安地抬頭看著我們。

「……吶，別開這種惡劣的玩笑好嗎？」

「……抱歉，我的搭檔特別喜歡自爆。我已經盡力阻止了，但她堅持要替年老的鑽地朗打造臨終的華麗舞台，根本講不聽……」

本次來找碴的目的就是要在托利斯留下永難抹滅的傷痕，讓他們以後不敢再小看如月。

以同僚的破壞活動為首，海涅和羅素襲擊了軍營，雪諾趁火打劫，還有格琳的詛咒。

這些應該足以留下重創了……

《自爆是機器人死前的輝煌！不准小看如月——！》

「笨蛋笨蛋笨蛋！你們這些可恨的邪惡組織尖兵，我絕對不會放過你們！啊啊啊啊啊啊啊啊！啊啊啊啊啊啊啊啊啊啊啊——！」

為了逃離鑽地朗的爆炸範圍，依舊無法動彈的亞德莉拚命掙扎。

當晚亞德莉悲痛的哭喊聲，完全不亞於鑽地朗死前留下的絢爛煙火，彷彿有種失敗者獨有的淡淡哀愁——

6

鑽地朗綻放出美麗煙火後，又過了三天。

這裡是葛瑞斯王城內的會議室。

室內的氣氛一觸即發，葛瑞斯王國書記官率先開口：

「接、接下來將進行葛瑞斯王國、祕密結社如月及執法機關柊木的停戰協議……」

列席交涉會議的成員，我方派出了代表葛瑞斯王國發言的書記官，以及負責輔佐的我與愛麗絲。

而柊木方面派出了依舊渾身是傷的亞德莉，還有看似她上司的兩位帥哥。

坐在正對面的亞德莉不停瞪著我們，太陽穴還爆出青筋。

「初次見面，如月的各位，我是弗利茲。這次我的部下亞德海特惹出了種種事端，我想先向在座的各位謝罪。」

這位銀髮碧眼的帥哥用略高的尖細聲線這麼說完，便深深低頭一鞠躬。

「局、局長！請等一下！我只是在伸張正義，從沒做過要讓局長道歉的事！我們才是被害者耶！不僅忽然遭受襲擊，托利斯還變得慘不忍睹……！這些人留下的陰影還沒消失喔。居民們每晚都會夢到被半獸人愛上，飽受惡夢所苦……！」

亞德莉臉色大變地拚命解釋，弗利茲卻沒有看向她。

「……亞德海特，注意妳的說詞。妳這次到底在葛瑞斯王國做了什麼好事，請妳說明清楚。」

「遵命，局長！首先，我發現葛瑞斯王國正為缺水所苦，甚至得靠小小年紀的女裝少年用魔法製造水源！於是我將當地能採集到的水精石免費分送給看似善良的商人，請他們便宜售賣，改善人民的民生問題啊！」

亞德莉自信滿滿地挺起胸膛這麼說。但愛麗絲遞給她一份資料後，接著說：

「看了這份資料就能發現，妳分送出去的水精石已經被商人幾經轉賣獲取暴利。葛瑞斯王國對缺水問題非常敏感，妳這無謂的操心讓我們很傷腦筋。拜妳所賜，緹莉絲公主走私水精石收取非法獲益的謠言早已不脛而走。貴族紛紛衝向王城抗議，一發不可收拾啊。」

「咦？」

亞德莉愣在原地無言以對，她面前的書記官聽了頻頻點頭。愛麗絲又乘勝追擊。

「另外，妳不是警察，卻擅自在街上巡邏，非法取締居民。確實跟我們簽訂契約，在雙方同意下願意在農場工作的那些半獸人，妳也想強迫放生牠們。還有剛才說的女裝少年，妳還想把他擄走呢。」

「等、等一下！這些確實是我體內猛烈燃燒的正義之心衝過頭的結果！……對不起，我為這些行為向你們道歉，可是！」

亞德莉還想說些什麼，愛麗絲卻伸出手掌打斷她的話。

「妳還在眾目睽睽之下揭發代官雪諾從事非法行為，對她嗤之以鼻。別看雪諾那樣，她可是十分優秀的代官。或許多多少少收了點賄賂，但她確實展現出精湛的經商手腕，根本沒對任何人造成困擾。」

「不、不是這樣的！我原本不知道那個女人這麼優秀。一旦優秀人才染上非法惡習，後果反而會不堪設想啊！」

亞德莉極力辯解，但愛麗絲又拿出一份資料。

「雪諾是貧民窟出身的孤兒。她會將收取的部分賄賂金捐給曾照顧過她的孤兒院……」

「……什麼？」

聽到這出乎意料的事實，亞德莉這次真的無話可說了。

我也是最近才知道這件事。那個生性貪婪的女人好像真的會捐錢給孤兒院，實在難以想見。

第一次聽到這件事實，我還有點感動，但她這麼做當然有其他目的。

住在貧民窟的孩子，眼力都很敏銳。

雪諾用捐獻金籠絡孤兒院的孩子，孩子們就會替她收集從街上打聽到的情報。她似乎想以此闖出一番作為。

換句話說，那女人的消息會這麼靈通，就是這個原因。

「我當然知道她的行為觸法，但她甚至不惜行惡，也想幫助這些身世坎坷的孩子……」

「等等等等、等一下，拜託等一下……」

得知雪諾意外的一面後，亞德莉開始狂冒冷汗。

……順帶一提，雪諾捐給孤兒院的錢，在她非法獲取的財產中根本占不到百分之一，但我當然不會說出來。

「同樣的狀況也能套用在緹莉絲身上。那位公主的勇者哥哥不幸喪生，甚至為了代替失蹤的國王一肩扛下國政事務。就算妳說她是惡徒，但她也不是一開始就如此黑心，而是為了守護人民，才會讓自己變得殘忍。否則要怎麼跟那些黑心貴族抗衡呢？」

「！」

得知正值花樣年華的緹莉絲背負如此重擔，亞德莉終於出現了異狀。

很好，愛麗絲，繼續逼死她！

「而妳居然擅自判定她是魔王，甚至還懸賞通緝，結果現在國家貴族和地痞流氓都要取她性命，讓她徹夜難眠！」

「啊啊啊啊啊啊啊啊啊啊啊啊啊！」

被愛麗絲指著鼻子痛罵後，亞德莉抱頭大喊。

……緹莉絲應該是設下了類似仙人跳的陷阱才對。她將自己被懸賞一事反向操作，在想要擊垮她的貴族面前展現毫無防備的姿態，故意引誘他們發動攻擊，再派戰鬥員十號將那些人一網打盡。

雖然我想說「就是因為做了這種事，水晶球才會變黑」，但亞德莉似乎沒空管這些事。她渾身發抖，完全不敢看上司的眼睛。

……哎呀，雖說效果已經非常好了，唯獨這件事還是得說明清楚。

「再說，因為妳讓寵物逃跑，才害讓業力測定水晶球發出強光的善良小瑟身受重傷。順帶一提，這才是這場戰爭的引爆點。喂，要是有一點愧疚之心，就用『生而為人我很抱歉』這句話跟我們賠罪，快啊！」

鎮守托利斯的巨大魔獸其實是亞德莉的寵物。

杜瑟受傷的時候，她的夥伴好像也是因為要追回寵物，不知不覺跨過了國界。

看到我們打算抓捕亞德莉的寵物，起初他們本來只想壓制，無意傷害我們。卻被行徑瘋狂的杜瑟嚇了一跳，無奈之下才會開槍。

我心想：這種無聊小事怎麼會引發紛爭呢？但在地球上確實也發生過因為追逐流浪狗的士兵跨越國界，進而爆發戰爭的例子。

看亞德莉的表情，感覺只要再推一把，她的心靈就會崩潰。

「對對、對不起……我要怎麼賠償才好……」

愛麗絲彷彿要補上最後一刀般，又遞一份資料給滿心自責的亞德莉。

「因為妳到處散布葛瑞斯王國古代文物修復完成的事，緹莉絲簡直倒大楣了。要是有一點愧疚之心，就用水精石的礦脈當作賠償金……」

「等等，這我真的不知情！只有這件事不是我造成的吧！……局長，您那是什麼眼神？求求您相信我啊！」

——停戰協議順利告一段落。

柊木雖然會支付慰問金給杜瑟，但這次因為如月的行徑也有點過分，才會招致這些不幸的誤會，因此這次就算打平。

詞。

愛麗絲本來想再多敲一筆竹槓，不過沒血沒淚的仿生機器人或許也學會了「良心」這個詞。

所有戰後處理措施似乎都能順利解決。當我們放下心中大石準備回到基地小鎮時，正好被亞德莉逮個正著。她絲毫不掩飾憤怒。

「你們可真狠啊。」

亞德莉不滿地撂下這句話，而我對她嗤之以鼻。

「怎樣啦，一臉不爽的樣子。我們沒多要一點賠償金也覺得很不爽耶。本來打算用從你們那裡搶來的賠償金，買一大堆紀念品回去給小瑟的說。」

亞德莉本來想說些什麼，卻又咬牙切齒地吞了回去。

隨後，她重新調整呼吸，端正姿勢。

「這次雖然失敗了，但下次一定不會輸給你們。我們是法律的看守者兼調停者。為了不讓人類獲得無法勝任的力量，我們會守護這個世界，還要將所有惡徒予以驅逐。」

亞德莉神情嚴肅，說得斬釘截鐵。

「你們不久後就會明白，我們為什麼要降臨人世，以及這顆星球是因為哪些原因才會走到今天這一步……」

她的表情流露出一絲寂寥，抬起頭遙望遠方的天空——

「愛麗絲，妳聽見了嗎？感覺好像有什麼巨大的謎團。其實我好像在某個地方聽過這個設定耶。」

「哦，反正就是那樣吧。擁有高度技術的超高文明曾經繁盛一時，卻因為某個蠢貨失去理智，最後世界因為汙染還是什麼原因面臨滅亡危機。他們只好暫時在天上建立殖民地，才得以延續生命。」

「為什麼會知道得這麼清楚啊！……不、不對，這才不是在十秒內就能說完的膚淺故事！算、算了，現在還不到你們該知道的時候。聽說過魔王和勇者的傳說吧？雖然部分人士知情，但其實傳說在魔王被打倒後還有後續。雖然多少有些出入，但新的神諭遲早會——」

亞德莉說了這些莫名其妙的話後，我跟愛麗絲就轉身準備返回基地。

「別以為這樣就算你們贏了。雖然吞了敗仗，但交涉方面可以說是我們的勝利。你們想要的不是賠償金，而是水精石的礦脈吧？」

看我們根本不想聽她說話，亞德莉惱羞成怒地出言挑釁。可是……

「雖然你們裝作沒聽見，但全身上下都寫滿了不甘心！戰鬥員六號，你的肩膀在顫抖！我是『救濟的鈍色』亞德海特．古莉潔兒！這次就算平手！只要你們還自稱邪惡組織，我就會永遠在前方阻礙你們！」

我用背影接下亞德莉的敵對宣言，沒給出任何答覆，就這麼離開現場——

7

在公路自行車的車燈照映下，我們在黑暗的坑道中壓低速度緩緩前進。

雖然從基地小鎮騎到這裡有一段滿長的距離，但坑道內有鋪設軌道，基礎建設整頓得十分完善。

坐在自行車後座的愛麗絲從我肩膀後方微微探出頭。

「差不多快到目的地了。不過，鑽地朗真的做出了很大的貢獻呢。」

「但妳居然讓貢獻良多的鑽地朗自爆，妳的良心不會痛嗎？」

「你在說什麼啊。鑽地朗因為長年劣化，壽命已經走到盡頭了。我替它打造了臨終的華麗舞台，它也很高興啊。」

「妳說妳能看出機器人的壽命和心情，這話是騙人的吧？……哦，終於看到了。」

來到坑道盡頭後，我停下自行車抬頭一看。

「天啊——喂，太猛了吧！這整塊都是水精石嗎！到底可以做出多少顆啊！」

我眼前這塊湛藍色的石頭，像牆壁一樣巍峨聳立。

……這裡是托利斯的水精石挖掘場地下深處。

在攻打托利斯之前的準備期間內，愛麗絲和蘿絲借用鑽地朗的力量，從基地小鎮一路挖到坑道這裡，讓兩地得以直通。

起初要交派給羅素的工作應該就是這件事吧。

「用刨挖隧道的潛盾機也能達到同樣的效果，但你的惡行點數根本買不起這種高價品，這次真的非常幸運。至於鑽地朗的自爆，其實是有意義的。不僅可以將托利斯地底下挖出的部分隧道掩埋，拖延他們發現此處的時間，還可以讓他們花費時間重建國家，爭取他們重新開挖水晶石之前的這段時間。可說是意義重大。」

「……原來如此。妳想趁對方重建國家的這段期間，偷偷挖走他們的資源啊？妳真是個大壞蛋呢！」

「哎呀，我們不能把這件事說出去喔，搭檔。哈哈哈哈哈哈！」

「呼哈哈哈哈哈哈！」

托利斯的強項，就是仰賴豐富資源換取的資金。

鑽地朗自爆後，現在柊木也沒空開採水精石了吧。

像這樣偷偷竊取資源，也能弱化那些人的實力。

愛麗絲這次的提案，不僅能讓我們獲取豐沛資源，還能削弱敵方勢力，簡直是無可挑剔的作戰計畫。

之後將這裡稍作整頓，派基地小鎮的魔族前來開採，也能增加就業機會，非常完美。

我們傻笑了好一陣子，接著看向彼此的臉。

「亞德莉知道的話一定會氣瘋吧。這件事絕對不能說出去喔。像剛才那樣看到亞德莉得意洋洋的表情，也不能笑出來喔。」

「剛才真危險啊。我差點就要噴笑了。」

雖然亞德莉說結局平手，但交涉方面是愛麗絲大獲全勝。

在不久的將來，亞德莉發現這件事後，會是什麼樣子呢？我不禁在腦海中試著想像……

我發出的高亢奸笑聲響徹了托利斯地底深處挖出的這條隧道——

尾聲

這裡是杜瑟的辦公室，如今完全變成我們鬼混的地方了。

「小瑟、小瑟，妳手邊的工作什麼時候結束啊？妳的病才剛好，不宜工作過度喔。來跟我一起玩桌遊吧。」

停戰協議日後，又過了一週。

現階段對方沒有任何怨言也毫無動靜，看來還沒發現我們盜挖水精石的事。

用速乾水泥強化過的坑道內鋪設了小火車專用的軌道，目前已經全線開通，魔族也開始動工了。

「我想把受傷請假期間的工作進度補回來，不過……這話也有道理，我來陪你玩吧，稍微休息一下。」

傷勢痊癒後，杜瑟變得比以前更認真工作。她到底什麼時候才要睡覺啊，真令人擔心。

杜瑟環視房內一圈後，揚起一抹微笑。

（可是……玩的時候要小聲點喔，不然會吵醒大家。）

她將手指抵在唇上，低聲說道。

蘿絲和羅素像小狗一樣，縮起身子睡在杜瑟腳邊。

在我經常躺臥的沙發旁邊，坐在輪椅上的格琳也睡得很熟。

這個桌遊要五個人同時玩才行，所以我在猶豫要不要把他們叫醒，最後還是作罷。

……這時走廊忽然傳來堅硬軍靴的腳步聲，彷彿要打破這股祥和的靜謐。

聽到聲音後，杜瑟連忙將放在旁邊的怪人毒蛇女安全帽戴上。敲門聲傳來的同時，外面的人沒等杜瑟回答就開門了。

「六號，你在這裡嗎？快看這個勳章！我成功恢復官職了！沒錯，這次以寡敵眾的報復任務獲得緹莉絲殿下認可，我又重新當回緹莉絲殿下的專屬騎士了！哈哈哈哈哈哈哈！」

說完，雪諾放聲大笑，她的大嗓門把正在睡覺的三人都吵醒了。

「搞什麼，人家正在安穩地睡午覺耶……哎呀，雪諾，妳變回騎士啦？」

原本因為被吵醒略顯不耐的格琳發現雪諾別在身上的勳章後便微微一笑。

——沒錯，這個違法騎士最後還是重回崗位了。

緹莉絲當初似乎覺得這樣對雪諾比較好，才會找我談調職的事。但把騎士這個唯一的特色從雪諾身上剝奪後，她就淪為普通的小惡棍了。

最後她還是跟以前一樣常往基地跑，偶爾幫忙訓練葛瑞斯王國的士兵，就此塵埃落定。

但由於戰鬥員十號的表現莫名優秀，緹莉絲已經不需要護衛了。

十號潛入政敵的宅邸蒐集各種不法證據，她就用這些證據依序剷除了那些貪汙貴族。

現在貴族絲毫沒有造反跡象，葛瑞斯王國和基地小鎮也十分和平。

「啊啊，我果然還是適合待在緹莉絲殿下身邊。最近殿下發現戰鬥員十號意外有用，為此樂不可支。雖然有點擔心，但這樣葛瑞斯王國就國泰民安了！」

說完，雪諾再度笑了起來。我看著她問：

「妳該不會是為了炫耀這種事才過來的吧？我們等一下要玩桌遊，沒時間理妳，沒事的話就請回吧。」

「呃，那個，我確實是為了炫耀而來，但你一臉嚴肅地問我這種問題，我也很困擾耶……對了，不是只有炫耀啦！其實我聽到一些風聲，所以要來告訴你們！」

雪諾這麼說，並露出有點想加入的眼神，看著我擺在桌上的桌遊。

「聽說位於魔族領地深處有個名為古爾涅德的國家，其國寶魔導石被魔獸搶走，如今一片混亂。失去魔導石以後，那個國家快要撐不下去了……怎麼樣，有沒有聯想到讓我國陷入混亂，還會操控魔獸的某個機關啊？」

雖然雪諾說完一副洋洋得意的樣子，但剛醒來睡眼惺忪的羅素忽然注意到一件事。

「那是不是虎男啊？」

還說出這種沒人能否定的話。

「……喂，雪諾，有沒有那個搶奪魔導石的魔獸相關情報？」

聽到格琳冷汗直流地這麼問，雪諾眼神游移地說：

「……是用雙腳步行的魔獸，還聽得懂人話……」

「果然就是虎男沒錯啊。」

或許是心中不斷湧現出不祥的預感，格琳正想離開房間時卻被逮個正著。聽了羅素的吐嘈後，站在門前的雪諾轉身背對我們。

「…………搶奪魔導石的魔獸會喵喵叫，大家還以為是貓科魔獸呢……」

「就是虎男啊！喂，那絕對是虎男啦！你們不要逃避，承認這個事實吧！事到如今才裝沒聽見也太遲了！」

後記

感謝各位這次購買《戰鬥員派遣中！》第六集，我是作者暁なつめ。

六號為了侵略而來的這顆星球，存在著各式各樣的高科技結晶。有飄浮在空中的神祕之城、沉眠於各地的無數遺跡，葛瑞斯王國街上還擺著腐朽的戰車及召喚雨水的古代文物。

這次登場的新勢力與這些高科技結晶密切相關，往後會慢慢解開他們的神祕面紗。

被愛麗絲炸掉的鑽地朗，就是為了對抗『砂之王』的沙漠化活動製造出來的土壤開發用巨大機器人。但這部分似乎沒有在故事中提及，所以在這裡偷偷透露一下。

那麼，這集的說明就到此為止。關於上一集後記中提到的重大發表……

戰鬥員居然確定要動畫化了，太棒啦，呀呵！

自己創造的這些角色有了聲音，還會在動畫中動來動去，對原作者來說可是至高無上的喜悅。但繼《美好世界》和《萌獸寵物店》後，連戰鬥員也動畫化，讓我擔心自己是不是運氣即將用盡要走向終點了。

我也已經準備要跟配音員們道歉了。對不起，居然讓你們說出這些台詞。

因為原作的下流哏非常多，我還懷疑這真的能播出嗎？但我告訴自己：《美好世界》都過關了，應該沒問題吧。

這麼說來，雖然離出版還有滿長一段時間，但我把另一部系列作《美好世界》寫完了，所以想找點藉口說自己燃燒殆盡了。

我沒把身體搞壞，作者也不會潛逃，請各位不必擔心。而且動畫化也定案了，我會繼續加油。

這一集我也拖稿了好幾次，對以カカオ・ランタン老師為首的諸多人士造成麻煩，但多虧各位相關人員的幫忙，才總算能上市出版。

我要向協助本書出版的所有人致上歉意與謝意。

購買本書的各位讀者，我要再次向你們獻上最深的感謝！

暁　なつめ

戰鬥員
派遣中!
COMBATANTS WILL BE DISPATCHED!

為美好的世界獻上祝福！ 1~17（完）

作者：暁なつめ　插畫：三嶋くろね

阿克塞爾的問題兒童們VS魔王！
爆笑荒誕的異世界喜劇，堂堂完結！

和真一行人使用了大量的瑪納礦石，憑藉惠惠的爆裂魔法打破了魔王城的結界。和阿克婭她們會合後，眾人帶著一副目的已達成的態度準備回家，而和真則是——「掛在魔王身上的懸賞金不知道有多少喔？」沒毅力的尼特終於要挑戰和魔王進行最後決戰了!?

各 **NT$180~220/HK$60~73**

為美好的世界獻上祝福！EXTRA

讓笨蛋登上舞台吧！ 1~6 待續

Kadokawa **Fantastic** Novels

作者：昼熊　插畫：憂姫はぐれ　原作：三嶋くろね　角色原案：三嶋くろね

「好久不見，萊因・薛克。
我暫時要以冒險者的身分生活，請多指教！」

達斯特從過去的搭檔菲特馮口中，聽說了原先侍奉的主人黎歐諾公主即將來訪的消息。覺得有生命危險的達斯特準備從阿克塞爾開溜，一回過神才發現，琳恩早已跟公主殿下交換身分了！另一方面，頂替公主的琳恩也得知了達斯特過往的真相——

各 **NT$200~220/HK$67~73**

為美好的世界獻上祝福！外傳

找面具惡魔指點迷津！

作者：暁なつめ　插畫：三嶋くろね

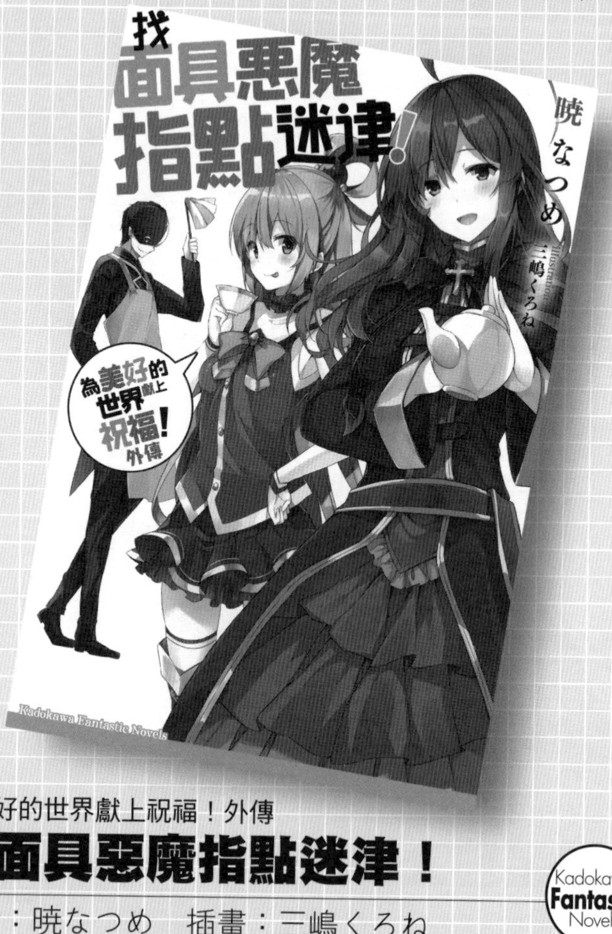

「歡迎來到諮詢處，迷惘的女孩啊！
不用客氣，無論任何煩惱都可以對吾吐露。」

低調座落於阿克塞爾的「維茲魔道具店」受到沒用老闆維茲拖累，一直處於經營困難的狀態。於是，本為魔王軍幹部又是地獄公爵，現在則是個打工人員的巴尼爾，打算以「預見未來」為冒險者提供諮詢服務好賺取報酬——巴尼爾與維茲的邂逅也終於揭曉！

NT$230/HK$70

台灣角川

Kadokawa Light Novels

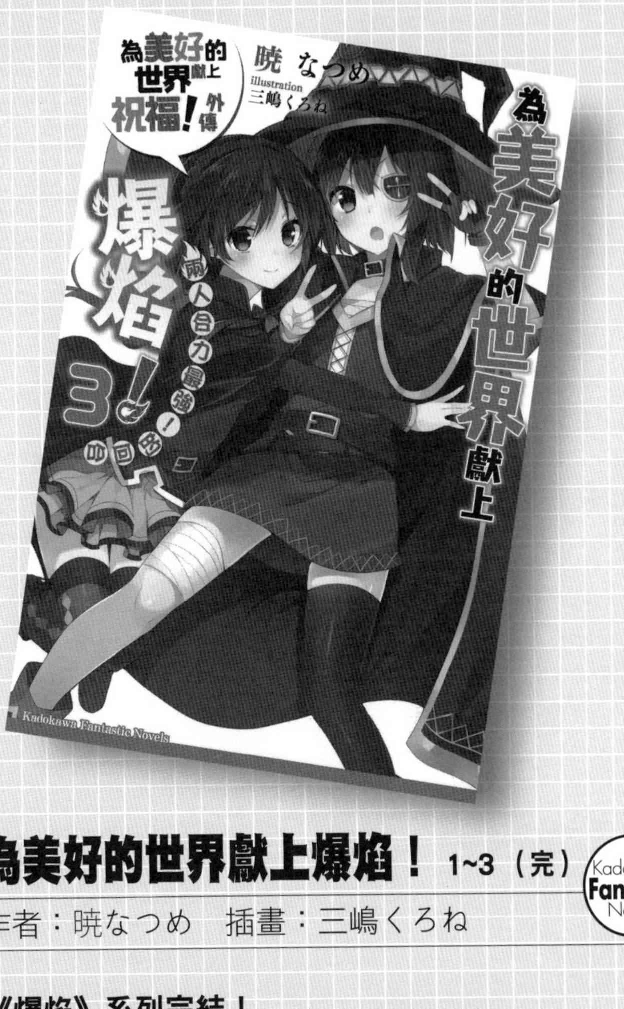

為美好的世界獻上爆焰！ 1~3（完）

Kadokawa Fantastic Novels

作者：暁なつめ　插畫：三嶋くろね

《爆焰》系列完結！
各位同志啊，就與吾一同步上爆裂道吧！

來到新進冒險者的城鎮阿克塞爾的惠惠，立刻開始尋找同伴。然而，卻沒有任何隊伍願意讓只會用爆裂魔法的她加入；而另一方面，自稱惠惠的競爭對手的芸芸也是一樣，每天都是獨自一人孤零零的——惠惠&芸芸粉絲期盼已久的第三集!!

台灣角川

各 NT$200~210/HK$60~65

國家圖書館出版品預行編目資料

戰鬥員派遣中! / 暁なつめ作 ; 林孟潔譯. -- 初版.
-- 臺北市 : 臺灣角川股份有限公司, 2021.01-
冊 ; 公分. -- (Kadokawa fantastic novels)
譯自 : 戦闘員、派遣します！
ISBN 978-986-524-195-7(第5冊 : 平裝). --
ISBN 978-986-524-343-2(第6冊 : 平裝)

861.57　　109018341

Kadokawa
Fantastic
Novels

戰鬥員派遣中！ 6

（原著名：戦闘員、派遣します！ 6）

2021年4月12日 初版第1刷發行
2021年6月24日 初版第2刷發行

作　者：暁なつめ
插　畫：カカオ・ランタン
譯　者：林孟潔

發行人：岩崎剛人
總編輯：蔡佩芬
編　輯：高韻涵
美術設計：李思穎
印　務：李明修（主任）、張加恩（主任）、張凱棋

發行所：台灣角川股份有限公司
地　址：105台北市光復北路11巷44號5樓
電　話：（02）2747-2433
傳　真：（02）2747-2558
網　址：http://www.kadokawa.com.tw
劃撥帳戶：台灣角川股份有限公司
劃撥帳號：19487412
法律顧問：有澤法律事務所
製　版：尚騰印刷事業有限公司
ＩＳＢＮ：978-986-524-343-2